LE SECRET DE L'AMULETTE

Tome 1

La Pyramide des Vents Célestes

Un roman d'Ethan M. Willia

*

Remerciements à ma famille et mes proches :

Irvin, Karol, Pascal, Elodie, Valérie, Patricia, Ludovic, Géraldine, mes parents et Francky.

ISBN 978-2-9591269-0-1

*

www.lesecretdelamulette.fr

SOMMAIRE

Notre aventure épique s'ouvrit sur une scène presque irréelle, à l'instant précis où l'aurore déployait ses premières lueurs dorées, illuminant une cité égyptienne antique d'une splendeur presque divine. Cette ville, imprégnée des légendes des Pharaons, des vastes étendues désertiques et des pyramides enveloppées de mystère, semblait comme suspendue dans le temps. Nous nous trouvions aux abords de la mer Méditerranée, un lieu où la nature et la mythologie se rejoignaient en une harmonie parfaite. Les vagues, aux reflets azurés, semblaient danser une valse éternelle avec les rayons naissants du soleil, créant un tableau d'une beauté surnaturelle qui aurait pu être la toile de fond d'un conte ancien ou d'un grimoire oublié. Chaque élément du paysage était imprégné d'une magie subtile, comme si la terre elle-même nous invitait à plonger dans une quête qui transcenderait le temps et l'espace.

Tandis que la cité antique émergeait doucement de son sommeil, les échos des rires enfantins résonnaient déjà dans les ruelles sinueuses, apportant une vitalité et une joie contagieuses à l'atmosphère matinale. Les enfants, dans leur innocence et leur créativité, s'adonnaient à des jeux simples mais captivants. Certains jouaient avec des billes colorées ou des petites voitures artisanales, sculptées dans des bois rares et précieux, chaque détail témoignant du savoir-faire ancestral de leurs aînés.

D'autres, plus audacieux et animés par un esprit d'aventure, avaient mis la main sur de véritables petits bolides. Ces engins, conçus à partir de planches robustes et équipés de roues solides, étaient les fruits de l'ingéniosité et de l'habileté locales. Avec un enthousiasme débordant, ces jeunes aventuriers s'élancèrent sur les rues pavées qui serpentaient en pente douce vers le port, leurs cris de joie se mêlant au doux clapotis des vagues et au chant des marchands ambulants qui commençaient à installer leurs étals. Leur exubérance ajoutait une note de gaieté à ce tableau déjà idyllique, comme si chaque élément de cette scène matinale contribuait à la magie palpable qui enveloppait les lieux.

Alors que la cité continuait de s'éveiller, c'était dans les quartiers commerçants que l'effervescence atteignait son apogée. Les marchands et les artisans, dans un ballet méticuleux et passionné, déballaient leurs marchandises avec un soin presque religieux. Les étals se remplissaient d'épices aux arômes envoûtants, de légumes aux couleurs vives et aux formes exotiques, et d'étoffes aux teintes chatoyantes et aux motifs complexes. Chaque marchandise semblait raconter une histoire, chaque objet évoquait une aventure lointaine.

Le marché central, véritable cœur battant de la cité, devenait un carrefour cosmopolite où se mêlaient des langues et des cultures diverses. Des voyageurs venus des quatre coins du monde, attirés par les légendes et les récits de trésors cachés, se pressaient dans les allées animées. Certains cherchaient des objets magiques, d'autres espéraient mettre la main sur des artefacts anciens ou des bijoux rares. Chaque transaction était un spectacle en soi, une danse délicate de négociation où chaque mot, chaque geste, avait son importance.

Les vendeurs, experts dans l'art de la persuasion, déployaient tout leur talent pour séduire et convaincre. Ils connaissaient l'histoire de chaque objet, pouvaient raconter l'origine de chaque épice, et n'hésitaient pas à partager des anecdotes fascinantes pour captiver l'attention de leurs clients potentiels. Et souvent, après une négociation habile et un marchandage intense, un accord était conclu, scellant ainsi le destin d'un objet précieux et ajoutant une nouvelle couche à la riche tapisserie de récits et de rencontres qui composait la vie de ce marché extraordinaire.

Soudain, un touriste particulièrement captivé par des babouches dorées étincelantes, fut brusquement interrompu dans sa négociation tarifaire par une silhouette imposante et inattendue. Un homme, vêtu de blanc d'une manière presque spectrale, fendit la foule animée avec une détermination féroce et inébranlable, bousculant sans ménagement quiconque se trouvait malheureusement sur son chemin pressé. Sa démarche assurée et résolue le conduisit rapidement à travers les ruelles animées, jusqu'au café

Amamett, un établissement bien connu des locaux. Là, il tourna soudainement, comme s'il connaissait parfaitement les lieux, remontant une allée secrète et étroite pour finalement pénétrer dans une majestueuse tour blanche, presque immaculée. Sans perdre une seconde, il gravit avec hâte les escaliers en spirale, son souffle devenant plus rapide mais toujours contrôlé. Il se précipita directement au troisième étage, où il ouvrit avec une force surprenante une porte massivement ornée d'un vitrail énigmatique et complexe. Une plaque en métal y était soigneusement fixée, gravée des mots : « Inspecteur Ben-Salim ».

À l'intérieur de la pièce, une atmosphère électrique et tendue régnait, comme si l'air lui-même était chargé d'une énergie palpable. Deux gardiens d'élite, vêtus de tenues impeccables et armés jusqu'aux dents, surveillaient attentivement un duo intriguant – un homme et une femme – tous deux assis face à une table en bois massif, ornée de symboles anciens et mystérieux, gravés avec un soin méticuleux. Le silence qui s'était installé fut brusquement rompu lorsque la porte claquait derrière l'inspecteur. Il s'exclama avec une gravité impérieuse, son visage marqué par une expression sévère et intransigeante :

« Expliquez-vous ! »

La femme, dont le regard était un mélange complexe de terreur et d'excitation, prit une grande inspiration avant de s'écrier :

— « Inspecteur, le mythe est bel et bien réel ! Vous devez nous croire ! »

— « De quel mythe parlez-vous exactement ? » grogna l'inspecteur Ben-Salim, la méfiance clairement perceptible dans le regard qu'il posait sur elle.

— « La pyramide des vents célestes ! » répondit-elle avec emphase, la voix chargée d'émerveillement et d'une certaine urgence. « Nous avons trouvé des preuves irréfutables. »

— « Pure légende, des balivernes » rétorqua l'inspecteur, visiblement agacé et sceptique, balayant l'idée d'un revers de la main.

C'est alors que l'homme, vêtu des atours typiques d'un archéologue, y compris un chapeau poussiéreux et une veste en cuir usée, saisit délicatement la main de son assistante. Il tenta de la rassurer avec un regard apaisant, comme s'il voulait lui insuffler du courage « Je reprends la suite Marie ». Se retournant lentement vers l'inspecteur, il murmura d'une voix chargée de gravité : « Inspecteur, nous avons découvert son secret, et il est plus incroyable que vous ne pourriez l'imaginer... »

Mais avant de pouvoir en entendre davantage, un tourbillon de brume mystique s'éleva soudainement autour de moi, m'envahissant de sa présence énigmatique. Mon cœur battait à un rythme effréné, comme si j'étais pris dans une course contre le temps, alors que je fus brusquement arraché de cette vision pour me retrouver, haletant et en sueur, dans mon lit douillet. L'horreur et la confusion se lut clairement dans mes yeux écarquillés alors que je croisai le regard inquiet et perplexe de ma sœur, Camille, qui se tenait à côté de mon lit. Un seul mot, « papa », s'échappa de mes lèvres tremblantes avant que les ténèbres ne m'emportent à nouveau, me plongeant dans un abîme d'incertitude et de mystère.

Depuis quinze jours interminables, chaque nuit est marquée par ce rêve étrange et insondable. Bien que j'aie réussi à franchir la porte de l'inspecteur Ben-Salim cette fois-ci, une fatigue mystique, presque surnaturelle, m'empêcha d'en apprendre davantage sur ce secret qui semblait si crucial. Au matin, ce rêve, cet appel obsédant, resta gravé dans les tréfonds de mon esprit, me hantant et me tourmentant chaque jour davantage. Il s'insinuait dans mes pensées à chaque instant, comme un murmure incessant qui refusait de me laisser en paix.

Le lendemain matin, dès mon réveil, une sensation étrange et inexplicable m'envahit, comme si les frontières entre le rêve et la réalité s'étaient estompées. Les ombres et les murmures de mon rêve nocturne me hantaient encore, résonnant dans mon esprit comme des échos lointains venus d'un autre monde. En m'étirant, mes doigts effleurèrent quelque chose d'inattendu. Je remarquai alors une fine couche de sable doré nichée au creux de ma main. Comment cela était-il possible ? Ce n'était pas un simple rêve, cela devait être un signe, un présage peut-être. Une preuve tangible que les visions qui me tourmentaient étaient plus que de simples produits de mon imagination.

Ma sœur se réveilla en sursaut à cause de mon cri, son visage marqué par l'inquiétude. Je pouvais voir dans la manière dont elle évitait mon regard qu'elle redoutait la réponse à la question qu'elle allait poser. « Encore le même rêve ? » demanda-t-elle doucement, sa voix teintée d'une préoccupation palpable.

Je hochai la tête, un air grave sur le visage, et ouvris ma main pour lui montrer la fine couche de sable doré qui s'y trouvait. Ses yeux s'écarquillèrent et elle fronça les sourcils, visiblement surprise et intriguée. « C'est... c'est du sable du désert égyptien, » murmura-t-elle, sa voix empreinte d'un mélange de stupéfaction et de curiosité. « Comment est-ce même possible ? »

Avant même qu'elle ne puisse terminer sa phrase, une rafale de vent balaya la pièce, faisant voler les rideaux et éteignant les bougies que je laissais allumées la nuit pour m’aider à trouver le sommeil. L’un des objets qui trônaient toujours sur la cheminée condamnée de notre chambre, des reliques héritées de notre père, brilla soudainement d'une faible lumière. Camille et moi étions fascinés, fixant cet objet comme hypnotisés.

L'amulette était une relique antique, circulaire et ornée de symboles égyptiens finement gravés qui semblaient raconter une histoire oubliée. Dans la partie supérieure, il y avait un aigle, représentant le dieu du vent. Au centre de cette partie supérieure, un creux intrigant suggérait l'emplacement d'une pierre précieuse, probablement égarée au fil des siècles. Ce détail ajoutait une aura de mystère à l'objet, comme s'il attendait d'être à nouveau complet. Notre père l'avait trouvé lors d'une de ses expéditions en Égypte et il me l'avait envoyée en guise de cadeau pour mon anniversaire. Il savait à quel point j'adorai aussi l'Égypte et ses histoires.

« Cet objet... », commença-t-elle, hésitante. « Je crois qu'il est connecté à ton rêve... En tout cas, moi je n'ai pas rêvé je suis sûre que le médaillon a brillé... Je te laisse te réveiller tranquillement, je vais me préparer ».

CHAPITRE 1. LE REVEIL DE PARIS

Alors que les cloches majestueuses de la vieille cathédrale retentissaient, signalant le début d'une nouvelle journée, notre bonne vieille capitale s'éveillait doucement, baignée de la lumière dorée du soleil matinal. Les rayons du soleil se faufilaient à travers les fenêtres de ma chambre, située au dernier étage d'un hôtel particulier très ancien, niché entre deux bâtiments Haussmanniens. De là, j'avais une vue imprenable sur le vaste parc de la ville, véritable poumon vert au milieu de cette cité animée.

Ce petit parc, un havre de paix au cœur de l'agitation parisienne, était un mélange fascinant de nature et de culture. Les arbres ancestraux du parc, connus pour leurs capacités à murmurer des légendes oubliées aux oreilles attentives, s'agitaient doucement sous la caresse du vent matinal, comme s'ils étaient les gardiens silencieux de secrets millénaires. Leurs branches s'étiraient vers le ciel comme pour saluer le nouveau jour, tandis que leurs racines s'enfonçaient profondément dans la terre, ancrées dans l'histoire et les traditions de la ville. Les oiseaux nichés dans les arbres, messagers des dieux selon certaines légendes urbaines, chantaient, prédisant une journée clémente. Au sol, les pigeons, ces habitants emblématiques de la ville, picoraient les miettes laissées par les visiteurs de la veille, tout en gardant un œil vigilant sur les passants. La fontaine au centre du parc, avec ses jets d'eau délicats, ajoutait une touche de grâce et d'élégance à ce tableau pittoresque.

Les statues de bronze qui ornaient les allées semblaient prendre vie sous l'effet de la lumière matinale, leurs visages figés dans des expressions éternelles de joie, de tristesse ou de mélancolie profonde.

Le ciel, dégagé de tout nuage, semblait être une toile vierge prête à accueillir les espoirs et les rêves de tous ceux qui le contemplaient. Dans ce tableau paisible, une activité humaine commençait à se dessiner. Les premiers joggeurs faisaient leur apparition, leurs pas vibrant sur les allées pavées. Leurs visages étaient concentrés mais sereins, comme si le simple fait de courir dans ce cadre enchanteur avait le pouvoir de dissiper tous leurs soucis. Les bancs en fer forgé, ornés de motifs floraux, attendaient patiemment l'arrivée des lecteurs matinaux et des amoureux égarés.

Les enfants arriveraient bientôt, leurs rires et leurs cris de joie remplissant l'air d'une énergie renouvelée. Les vendeurs de café et de croissants commenceraient à installer leurs petits stands, l'arôme de leur marchandise se mêlant à l'odeur fraîche de l'herbe coupée. Les promeneurs de chiens, les photographes amateurs, les touristes émerveillés et même les musiciens de rue ajouteraient leur propre couleur et texture à cette toile complexe et en constante évolution.

Louise, notre voisine au chapeau excentrique, promenait son fidèle lévrier, attirant comme toujours les regards. Son chapeau, un mélange audacieux de plumes et de rubans, semblait être une œuvre d'art en soi. Mais un spectacle moins commun était celui de Mme Delacroix, la boulangère. Férue de félins, elle ne pouvait s'empêcher de promener Lilie, son chat exotique, en laisse, tel un fier lynx. Je me souvins d'une scène où Lilie, dissimulant ses intentions, pêcha deux poissons d'un étang, sous les yeux ébahis des promeneurs. Cela causa une légère agitation et depuis, Mme Delacroix évitait soigneusement de s'approcher trop près de l'étang, pour éviter tout incident avec le gardien du parc, le vieux Jean.

Jean, un homme aux cheveux grisonnants et à la barbe bien taillée, était une figure emblématique du parc. Il connaissait chaque recoin comme sa poche et avait une histoire pour chaque statue, chaque banc. Jean, d'ailleurs, avait activé les fontaines ce matin.

Tout cela formait un microcosme fascinant, une petite tranche de vie parisienne qui reflétait la diversité et la richesse de la ville dans son ensemble. Et moi, de ma fenêtre privilégiée, j'étais le témoin de ce spectacle quotidien, une scène qui, malgré sa simplicité apparente, contenait toute la complexité et la beauté du monde. C'était comme si ce petit parc était le cœur battant de Paris, et je sentais que quelque chose d'extraordinaire allait bientôt se produire au 2 allée des grenouilles, l'adresse de tante Agathe.

Notre domicile se détachait, ses pierres réfléchissant la douce lumière dorée du matin. Les volets en bois étaient ouverts, comme pour accueillir le nouveau jour. Un effluve sucré s'échappait de ses fenêtres, étonnant pour quiconque connaît les talents culinaires, ou plutôt leur absence, de tante Agathe.

Permettez-moi de me présenter : je suis Kévin. J'ai douze ans et, avec ma sœur Camille âgée de 14 ans, nous vivons chez notre tante Agathe, depuis la mort de notre mère à ma naissance. Notre père, un éminent archéologue spécialisé dans les artefacts égyptiens, est en mission depuis deux ans. Nos nouvelles sont rares et précieuses. Il nous manque terriblement, mais ses lettres, bien que rares, sont comme des trésors que nous chérissons. Aujourd'hui, un facteur à l'allure pressée a remis à tante Agathe une lettre qui semblait importante. Son contenu ? Nous l'ignorions encore, mais quelque chose me disait que cela concernait notre père.

Dix heures sonnaient lorsque Camille sortit de la salle de bain. Sa chevelure d'un roux flamboyant, si semblable à celle de notre mère disparue, brillait d'un éclat particulier. Elle était mon opposé : téméraire, indépendante, souvent vêtue à la manière d'un garçon. Elle avait ce regard perçant, capable de lire en vous comme dans un livre ouvert. Une petite altercation fraternelle au sujet d'un pantalon emprunté, et nous étions prêts à affronter la journée, et peut-être, à en savoir plus sur la mystérieuse lettre de tante Agathe.

Nos pas résonnaient sur le parquet ancien alors que nous nous dirigions vers le rez-de-chaussée. La curiosité, cette vieille amie qui nous avait souvent entraînés dans des aventures inattendues, nous guidait. Elle était comme une flamme intérieure, nous poussant à explorer, à découvrir. La maison de tante Agathe était un labyrinthe de souvenirs, chaque recoin renfermant une histoire, un secret. Les tableaux sur les murs semblaient nous observer, témoins silencieux de tant d'années et surtout d'aventures. Chaque portrait semblait avoir une âme, chaque paysage une histoire à raconter. Nous nous arrêtâmes au premier palier.

« Regarde, Kévin », murmura Camille en me montrant du doigt la table de la cuisine.

La lettre y était posée, tout près d'un gâteau encore fumant, dont les volutes s'élevaient dans l'air, dessinant d'étranges symboles. Le parfum du gâteau se mélangeait à l'odeur de la cire du sceau, créant une atmosphère presque magique. La cire rouge au dos de la lettre brillait, portant les initiales de notre père. Avait-il enfin envoyé des nouvelles de ses voyages ? Ou était-ce un message plus mystérieux, nous entraînant dans une quête digne des épopées que nous adorions tant ?

La lettre semblait être un portail vers l'inconnu, un appel à l'aventure qui résonnait dans nos cœurs. Et nous savions que, quel que soit son contenu, il allait changer nos vies pour toujours.

CHAPITRE 2. DES NOUVELLES BOULEVERSANTES

Le murmure d'une voix se fit entendre depuis le bas de l'escalier, un son doux mais empreint d'une certaine gravité. C'était la voix de tante Agathe, cette femme qui avait pris soin de nous depuis notre plus tendre enfance, parlant au téléphone avec une intensité qui ne lui était pas coutumière. Camille, ma sœur aînée, toujours prompte à saisir l'occasion pour une petite aventure, me fit un geste silencieux. Elle leva un doigt devant ses lèvres, comme pour sceller un pacte silencieux entre nous, et m'invita d'un mouvement de la main à la suivre dans notre petite aventure d'espionnage, une activité qui avait souvent pimenté nos journées autrefois.

Nous commençâmes à descendre en douceur, nos pieds effleurant à peine les marches en pierre gravée. Ces marches étaient comme les pages d'un livre d'histoire, chaque motif complexe gravé dans la pierre racontant une histoire d'anciennes batailles, de héros oubliés et de légendes perdues dans le temps. C'était comme si les murs eux-mêmes étaient imprégnés des récits des générations qui nous avaient précédés.

— « Je t'assure Roseline... Oui, disparu... Une lettre parlant d'un ancien médaillon... » Les mots de tante Agathe flottaient dans l'air, chaque syllabe ajoutant une couche de mystère à cette matinée déjà étrange.

Alors que je tendais l'oreille, essayant de capter chaque nuance de la conversation, une des dalles du vieil escalier émit un grincement trahissant notre position. C'était toujours cette même marche, la marche de l'espion traître, comme la surnommions ma sœur et moi. Elle avait le don incroyable de dévoiler notre présence à notre tante, qui semblait avoir un sixième sens pour détecter les intrus, comme si elle était dotée d'une sorte de radar maternel.

Il ne fit aucun doute qu'elle avait discerné notre petite manigance. Elle raccrocha le téléphone avec une rapidité qui trahissait son agacement et se tourna vers la table pour attraper l'enveloppe. Elle la rangea soigneusement dans la poche de son tablier, encore blanc de farine, comme si elle mettait de côté un trésor ou un secret bien gardé. J'incitai discrètement Camille à se dépêcher en la poussant légèrement du coude, et ensemble, nous descendîmes les dernières marches pour atteindre la cuisine, ce sanctuaire de notre quotidien.

Alors que nous nous approchions, l'arôme du café fraîchement moulu se mélangea à l'odeur du gâteau fraîchement cuit, créant une ambiance presque magique. Tante Agathe, la gardienne de ce petit paradis culinaire, se servit un café dans sa tasse préférée, celle avec des motifs de fleurs et d'oiseaux. Elle semblait chercher un moment de répit avant la tempête que la lettre allait sans doute déclencher. Alors que nous rentrions dans la cuisine, Tante Agathe se tourna vers nous, son gâteau au yaourt délicieusement parfumé à la fleur d'oranger entre ses mains.

— « Ah, vous voilà ! Je ne vous avais pas entendus ! Vous allez vous régaler, j'ai même ajouté votre parfum préféré. Camille, tiens, note cette recette, elle devrait te servir plus tard... »

— Je coupai son élan, impatient et un peu inquiet, « C'était Tatie Roseline au téléphone ? »

Elle marqua une pause, comme si elle pesait le pour et le contre de nous dire la vérité, « Oui, ma chère sœur. Elle passera cet après-midi, probablement pour discuter de la lettre. »

— Un sentiment de déception m'envahit, comme un nuage sombre obscurcissant le ciel d'une journée ensoleillée. « Je pensais que c'était papa. »

Le visage de Tante Agathe se décomposa, comme si mes mots avaient touché une corde sensible. Son regard s'obscurcit et, dans un mouvement maladroit, peut-être même inconscient, elle brisa plusieurs assiettes qui étaient soigneusement alignées sur le comptoir. Camille, habituée à ses maladresses et toujours prête à jouer le rôle de la grande sœur, commença à nettoyer, ramassant les morceaux de porcelaine comme si elle ramassait les pièces d'un puzzle éclaté.

Alors qu'une atmosphère tendue envahissait la pièce, comme un voile invisible que personne n'osait déchirer, Tante Agathe sortit la lettre de sa poche. Elle hésita, tenant l'enveloppe comme si elle contenait un sortilège puissant ou une prophétie inquiétante. Elle respira profondément, comme pour rassembler son courage, puis nous la tendit, son geste étant presque une invitation à ouvrir la boîte de Pandore.

Nous nous assîmes, prêts à entendre le récit qui allait sûrement bouleverser notre quotidien. Camille se mit à la lire à voix haute pour partager son contenu avec moi. Chaque mot qu'elle prononçait semblait lourd de sens, comme si nous étions sur le point de tourner une page importante de notre vie, une page qui nous mènerait vers des territoires inconnus, des défis insurmontables et des vérités qui changeraient à jamais notre perception du monde et de notre place en son sein.

Chers enfants et chère Tante,

En ces temps incertains, j'écris avec l'espoir que cette lettre vous parvienne. Sachez que chaque jour sans vous, est un jour où le désert semble encore plus vaste, et le soleil, bien plus ardent.
J'ai déterré des secrets enfouis, des mystères d'une ancienne civilisation qui s'étendent au-delà de nos imaginations les plus folles. Ces secrets, comme une épée à double tranchant, recèlent un pouvoir inimaginable. Dans de mauvaises mains, ils pourraient ébranler l'équilibre du monde tel que nous le connaissons. Si ce parchemin vous est parvenu, je crains que mes jours en tant qu'homme libre soient comptés.

Mes chers enfants, même face à l'inconnu, le souvenir de vos rires et de vos visages illumine mes jours sombres. Prenez soin de vous mutuellement. Kevin, mon aventurier passionné d'égyptologie, je suis convaincu que tu seras un jour celui qui déchiffrera les plus grands mystères des pharaons. Garde précieusement le médaillon que je t'ai offert pour ton anniversaire, qu'il te guide et te protège dans tes aventures futures. Camille, ma douce étoile, je parie que tu as fleuri en une jeune fille aussi rayonnante que ta mère Katherine. Prends soin de ton frère, et soutiens ta tante dans sa bienveillance.

Mon amour pour vous traverse les sables du temps. Que le destin nous réunisse une fois de plus, dans des jours plus lumineux.

Papa

L'émotion était palpable dans la pièce. Une larme perla au coin de l'œil de ma sœur, tandis que Tante Agathe, d'ordinaire si maîtrisée, semblait au bord des larmes. J'ai avalé difficilement, refusant de laisser mes émotions me submerger. Je devais être le roc sur lequel ils pouvaient s'appuyer. Je suis, après tout, désormais le protecteur de la famille. Mon père ne peut pas avoir été vaincu aussi aisément. Il devait avoir un plan, un moyen de nous protéger. Mais l'angoisse subsistait : que se passerait-il s'ils l'avaient vraiment capturé ?

— « Tante Agathe, que devons-nous faire ? »

— « Kévin, il n'y a pas grand-chose que nous puissions faire d'ici, » dit-elle d'une voix douce mais résolue.

— « Nous ne pouvons pas simplement- »

— Camille m'interrompit, « Tu as entendu notre père, Kévin. Il nous a demandé de rester en sécurité ici. Nous sommes bien loin de l'Égypte pour faire quoi que ce soit. »

Ce fut à ce moment que Tante Agathe, retrouvant sa force, pris la parole avec une voix ferme et apaisante, « C'est assez. Il est vrai que nous sommes limités dans nos actions pour le moment. Je vais contacter la police cet après-midi. C'est peut-être simplement une mise en garde de sa part. N'oublions pas qu'il est sous la protection du consulat français en Égypte. Mangez un peu et allez-vous reposer dans vos chambres. J'irai chercher Tante Roseline à la gare. Nous allons ensuite à la police pour avoir plus de clarté. »

CHAPITRE 3. LE CHAT DE LA BOULANGERE

La lueur du jour était toujours présente, mais une atmosphère étrange semblait s'installer dans la pièce, comme si le temps lui-même retenait son souffle. L'horloge sur le mur marquait deux heures depuis le départ précipité de tante Agathe. Mon cœur battait la chamade, et chaque tic-tac semblait amplifier l'angoisse qui grandissait en moi. Le temps semblait s'étirer, chaque seconde s'allongeant comme une éternité. Les murs de ma chambre, autrefois rassurants, semblaient maintenant se refermer sur moi, comme pour m'engloutir dans une obscurité insondable. Les ombres projetées par les objets familiers prenaient des formes inquiétantes, comme si elles cherchaient à me dire quelque chose que je ne comprenais pas encore.

Mon regard fut attiré par le pendentif que mon père m’avait confié. Je n’avais jamais réalisé tous les détails de cette amulette. Les hiéroglyphes ornant l'amulette scintillaient mystérieusement, comme s'ils recelaient d'antiques secrets. Les spirales du vent semblaient tournoyer de chaque côté. Je décidai de la porter, bien qu'il m'ait fallu un moment pour l'attacher, son fermoir semblant protester contre le poids des années. Après tout, mon père m’avait demandé de la garder précieusement. Je me demandais si cette amulette avait déjà été témoin de moments aussi cruciaux dans la vie de mon père. Avait-elle déjà été là, pendue à son cou, lorsqu'il avait fait des découvertes archéologiques majeures ou lorsqu'il avait échappé à des dangers inconnus dans des contrées lointaines ? Je ne pouvais qu'imaginer les histoires qu'elle pourrait raconter si elle en avait la capacité.

Accoudé à la fenêtre, plongé dans mes pensées, je me perdis dans le mouvement hypnotique des va-et-vient des passants en contrebas dans la rue. Chacun d'eux avec sa propre histoire, ses propres inquiétudes. Mais ce médaillon... il irradiait une chaleur apaisante, comme si mon père lui-même m'enveloppait d'une étreinte rassurante. Sous son influence, le monde extérieur s'estompa. Mes paupières devenaient lourdes, et l'image de mon père surgit de la brume de mes pensées, vivante et vibrante. Je sombrai dans un demi-sommeil. Des images, fortes et vivaces, envahirent mon esprit. Mon père, marchant dans des ruelles animées, fuyant une menace invisible. Les scènes s'enchaînaient, allant des rues animées d'Alexandrie, aux vagues scintillantes de la mer Méditerranée, jusqu'aux étendues arides du désert. La vision d'un chameau, silhouette solitaire contre le soleil couchant, puis les ombres majestueuses des pyramides. Je pouvais presque sentir le grain chaud du sable sous mes pieds, le vent du désert soufflant doucement contre ma peau.

Un éclair de lucidité me fit prendre conscience que je n'étais plus seul dans cette vision. Mon père, en danger, semblait à portée de main. Il était bel et bien poursuivi et en danger. Il se tourna soudain vers moi, une expression d'urgence dans son regard. Je tendis la main, essayant de le toucher, de le rassurer. Mais ma voix semblait étouffée, prisonnière de cet entre-deux onirique. Je voulais crier son nom, mais en vain. L'air autour de moi dans cette vision semblait se densifier, comme si chaque seconde qui passait ajoutait une couche de gravité à la situation. Mon père, les yeux emplis d'une détresse silencieuse, semblait vouloir me dire quelque chose d'essentiel, quelque chose qui pourrait changer le cours de notre destin.

Un frisson me parcourut, me tirant de cette transe et me ramena brusquement à la réalité. Camille me fixait, inquiète. Ses yeux, d'habitude si pleins de malice et d'assurance, trahissaient une préoccupation que je n'avais pas souvent vue.

— « Kevin, ça va ? Tu marmonnais des choses étranges. »

— Perdu, je balbutiai, « Quoi ? J'ai dû m'endormir quelques instants. »

— Camille haussa un sourcil, « Quelques instants ? Tu parlais dans ton sommeil depuis 20 minutes. Regarde. »

Elle me montra son journal intime, sur lequel elle avait esquissé des paysages et des scènes que j'avais décrites pendant mon état de rêverie. Je ne pouvais que regarder, abasourdi. Les dessins étaient incroyablement détaillés, comme si elle avait capturé chaque nuance de mon rêve éveillé.

Le médaillon, froid maintenant, pesait lourdement contre ma peau. Alors que je me perdais dans mes réflexions, un son effrayant émanant de l'extérieur interrompit mes pensées. C'est alors que l'atmosphère se chargea. Le crépuscule enveloppa la pièce d'une teinte surnaturelle, le ciel s'obscurcit en un instant. Des éclairs zébrèrent l'horizon, tandis qu'un orage impromptu grondait, amplifiant l'aura mystique de la journée. Le vent hurlait à l'extérieur, comme si la nature elle-même réagissait à l'énergie étrange qui émanait du médaillon.

Ma sœur descendit dans la cuisine pour fermer les fenêtres.

Mes yeux, tentant de s'adapter à cette obscurité soudaine, s'accrochèrent à deux globes luminescents, flottant dans l'obscurité. Ma respiration s'accéléra, mais au moment où un éclair déchira la nuit, je reconnus la silhouette familière de Lilie, le félin de la boulangère, qui s'approcha avec une démarche princière. Elle semblait être la seule créature à l'aise dans cette atmosphère électrique.

La chatte s'avança et miaula d'une manière qui me fit sourire malgré moi. Tout à coup, une voix résonna, surprenante et familière à la fois, « Bonsoir, Kevin. » La réalité et le fantastique semblaient avoir fusionné, me laissant émerveillé et terrifié tout à la fois. Mon esprit, encore embrouillé par les visions et les événements de la journée, peinait à saisir l'ampleur de ce qui était en train de se dérouler.

La lumière tamisée de la chambre filtrait à travers les rideaux mi-clos. J'étais assis en face d'un animal dont les yeux dorés semblaient pénétrer mon âme. Je ne savais pas comment ce fut possible, mais chaque fibre de mon être me cria que c'était important et que je devais l'écouter et ne pas avoir peur.

— « Alors, c'est vrai... Tu parles, » dis-je d'une voix tremblante d'incrédulité.

— « Effectivement, » répondit-elle avec une certaine dignité, « mais je ne suis pas qu'un simple félin, et toi, mon cher Kevin, tu n'es plus un simple adolescent. »

— La curiosité l'emportant sur ma peur, je me penchai en avant. « Pourquoi dis-tu cela ? »

— Le chat, avec une majesté qui m'impressionna, déclara : « Tu es désormais le détenteur de l'amulette, un artefact ancien doté de pouvoirs incroyables, dont celui de parler aux animaux. »

— Les sourcils froncés, je tentai d'assimiler l'information.
« Mais toi, pourquoi es-tu si particulier ? »

— Avec gravité, le chat répondit : « Je suis la fille de Râ dieu du soleil, Bastet, jadis déesse égyptienne, ayant protégé des peuples aussi lointains que celui de Moïse. »

— Un rire nerveux m'échappa. « Bastet ? Mais... Lilie alors ? »

— Avec une pointe d'amusement dans sa voix, Bastet rétorqua : « Est-ce vraiment ta première préoccupation ? Je pensais que l'amulette et ses pouvoirs te préoccuperaient davantage. »

— Je me mordis la lèvre, me sentant idiot. « Désolé, c'était une question inutile. »

Soudainement, la porte claqua, révélant une Camille hors d'haleine.

— « Kevin, j'ai réussi à joindre tante Agathe. Elle est au commissariat. Il se passe quelque chose de grave. »

— Détournant précipitamment mon regard du chat, je répondis : « Je... J'étais juste perdu dans mes pensées, chamboulé par un rêve étrange. »

— Camille, inquiète, jetant un œil vers le sac éparpillé, me dit : « Je vais voir ce qui se passe. Reste ici. »

Dès qu'elle fut partie, Bastet sortit de sa cachette.

— « L'amulette t'a permis de voyager dans le temps, Kevin. Ce que tu as vu sur ton père, c'était réel. Il est en danger. »

— Interloqué, je rétorquai : « Comment peux-tu connaître la nature de mes rêves ? »

Le chat s'avança, le regard intense :

— « Il y a tellement de choses que tu ignores encore jeune porteur. Il est crucial que tu saisisses les risques liés à cette amulette. Non seulement ton père est en danger, mais tous ceux qui t'entourent ou qui côtoient cette amulette le sont également. »

— Je pâlis, comprenant ce qu'elle insinuait. « Tante Agathe... »

Avant que Bastet n'ait eu le temps de répondre, je saisis mes clés et me précipitai hors de la pièce.

— « Je dois aller les aider. »

— Bastet, essayant de m'arrêter, s'exclama : « Attends, Kevin ! L'amulette recèle bien plus de secrets. »

Mais je n'écoutais déjà plus, fonçant vers l'inconnu, laissant derrière moi un animal désemparé.

Alors que je descendais les escaliers quatre à quatre, l'écho du miaulement inquiet de Bastet me parvint. Mais je n'avais pas le temps. La pensée que tante Agathe était en danger, à cause peut-être d'un objet que j'avais négligemment ramené à la vie, rendait mon estomac lourd et ma tête tournoyante.

L'air frais de cet assombrissement soudain me frappa au visage, amplifiant ma détermination. La rue était presque déserte, éclairée par des lampadaires qui jetaient des ombres mystérieuses. J'entendis le lointain cri d'une chouette et le cliquetis régulier d'un train passant au loin.

J'attrapai mon vélo posé contre le poteau et me mis à pédaler, les pensées en ébullition. Comment avais-je pu devenir le gardien d'un tel artefact ? L'ancien monde et le monde moderne semblaient se heurter, et j'étais pris au milieu, sans guide ni repère.

CHAPITRE 5. L'ENLEVEMENT

J'arrivai de l'autre côté du parc, le souffle court et la tête bourdonnante des révélations de Lilie, ou plutôt Bastet. Alors que je m'aventure à jeter un coup d'œil en arrière, une pointe d'inquiétude me traversa : le chat qui avait tant à me dire avait disparu de ma fenêtre. Était-ce le signe d'un autre danger imminent ou simplement une coïncidence ?

Alors que je pédalais, la chaine de mon vélo dérailla. Poussé par une vague d'adrénaline, je décidai de terminer ma course en courant. J'atteignis la grande arche nord du parc. Cette arche, en pierres vieillies et moussues, était un repère familier et m'indiquait la proximité de la longue rue droite menant au commissariat. Cependant, ma respiration devenait de plus en plus saccadée et je me décidai à ralentir. Le commissariat était encore loin, et il me serait impossible de continuer à cette allure.

Alors que je marchais, une sensation désagréable me tiraillait, comme si on m'observait, comme si une présence planait derrière moi. Je me souvins des histoires de Tante Agathe sur les esprits du vieux parc. Bien que j'eusse toujours pensé qu'il s'agissait de contes pour m'effrayer, aujourd'hui, après toutes ces révélations, rien ne semblait hors de portée.

Après quelques minutes de marche, arrivé au niveau du petit marchand de légumes, où l'odeur du persil fraîchement coupé embaumait le trottoir, je me retournai subitement. Un élan de paranoïa, peut-être ? Rien d'anormal en vue. Je continuai de reculer, scrutant la scène, jusqu'à ce qu'une forme sombre attirât mon attention de l'autre côté de la rue. Ce fut bref, comme une ombre passant rapidement entre les badauds. Mais avant que je puisse m'y attarder, je bousculai accidentellement une vieille dame portant un panier d'osier.

Après m'être excusé, mon regard se porta à nouveau vers l'endroit où l'ombre s'était faufilée. Plus rien. La rue avait repris sa normalité, laissant place aux doutes dans mon esprit. Étais-je vraiment devenu paranoïaque ?

Mes pensées furent soudain interrompues par le commissariat en vue. Un soulagement éphémère, car alors que je traversais, les yeux rivés sur l'entrée, une voix avec un fort accent anglais me glaça le sang : « Attention !!! » Sans avoir le temps de réfléchir, je me sentis projeté hors de la route. J'atterris douloureusement, le souffle coupé, les bras éraflés.

Un attroupement se forma rapidement autour de moi. J'entendais des murmures, des exclamations d'horreur. Le boucher, les mains encore tachées de sang, m'aida à me relever, tandis qu'une dame serrait son chien contre elle, le regard empli d'inquiétude. Aucun d'eux n'avait vu le visage du conducteur ou ne put fournir d'indice sur le véhicule, à part le boucher qui mentionna un autocollant de location.

Mes pensées étaient en ébullition lorsque j'entrai finalement dans le commissariat. Camille était là, visiblement inquiète, tandis que Tante Agathe pleurait silencieusement à l'écart. Une fois rapproché, l'histoire devint encore plus complexe : Tante Roseline avait disparu. Comment cela était-il possible ? Tant de questions se bousculaient dans ma tête.

Puis, Camille remarqua mes éraflures et mon récit ajouta une couche d'incompréhension à cette journée déjà surréaliste. Elle tenta de rationaliser, suggérant que je surinterprétais la situation, mais je ne pouvais pas m'empêcher de sentir que quelque chose de bien plus grand et sinistre était en jeu.

Alors que nous parlions, un murmure se propagea dans le commissariat, et je réalisai que notre histoire était loin d'être terminée.

Alors que je m'apprêtai à dévoiler à Camille l'incroyable aventure que j'avais vécue dans le parc, une agitation soudaine envahit le commissariat. Un homme, que je reconnais comme étant l'inspecteur Leclerc de notre quartier, entra en hâte dans la pièce. Ses sourcils froncés et la lourdeur de ses pas traduisaient son inquiétude. Tante Agathe se leva immédiatement, les yeux remplis d'espoir.

— « Des nouvelles de Tatie Roseline ? » demanda-t-elle d'une voix tremblante.

L'inspecteur soupira avant de répondre :

— « Nous avons trouvé ses affaires dans un wagon du train, mais aucune trace d'elle. Les caméras de sécurité montrent qu'elle n'est jamais descendue du train avant le terminus. C'est comme si elle s'était volatilisée. »

— Le cœur de Camille rata un battement. « Il faut faire quelque chose ! On ne peut pas la laisser disparaître comme ça ! »

— L'inspecteur acquiesça, « Nous faisons tout notre possible, je vous assure. Nous avons contacté les autres gares pour voir si quelqu'un l'a aperçue, et nos meilleurs hommes sont sur le coup. »

Alors que Tante Agathe et Camille poursuivaient leur conversation avec l'inspecteur, je m'éloignai légèrement, perdu dans mes pensées. L'ombre que j'avais aperçue, la tentative de me renverser, la disparition de Tatie Roseline... Tout semblait connecté.

Mon attention fut soudain captée par une figure étrangement familière près de la sortie : la femme à l'accent anglais qui m'aurait sauvé tout à l'heure ? Ses yeux croisèrent les miens, et une étincelle de reconnaissance y brilla un instant. Avant que je puisse faire un pas dans sa direction, elle sortit précipitamment du commissariat.

Sans réfléchir, je me précipitai à sa poursuite. En sortant, je la repérai tournant au coin de la rue. Je la suivis de près, tout en essayant de rester discret. Les ruelles s'enchaînèrent, certaines familières, d'autres moins, mais je gardais le rythme, déterminé à obtenir des réponses.

Finalement, dans une impasse sombre, la femme s'arrêta et se retourna vers moi.

— « Pourquoi me suivez-vous ? » demande-t-elle, son accent anglais encore plus marqué.

— « Qui êtes-vous ? Et pourquoi m'avez-vous sauvé tout à l'heure ? » je rétorquai, hors d'haleine.

— Elle hésita un moment avant de répondre. « Mon nom est Lou. Je travaille pour la Police d'Alexandrie. Nous avons, je crois, un ennemi commun. Mais ce n'est ni le lieu ni le moment pour en parler. Si vous voulez des réponses, retrouvez-moi demain à l'aube près de la grande fontaine du parc. »

Sans me laisser le temps de répondre, Elle disparut dans l'ombre, me laissant seul avec mes questions et mon inquiétude grandissante. Quel mystère se cachait derrière tout cela ? Qui était cette Lou et comment était-elle liée à la disparition de Tatie Roseline ? Je savais qu'une longue nuit m'attendait, pleine de réflexions et de craintes pour l'avenir.

CHAPITRE 6. L'ENVOLEE DU COMMISSARIAT

L'air nocturne était chargé de mystère. J'avais rebroussé chemin et rejoignis ma sœur et ma tante au commissariat. Alors que Camille me demanda où j'étais passé, des détonations résonnèrent à l'extérieur. Mon cœur fit un bond. À l'intérieur du commissariat, trois policiers sur les cinq présents réagirent avec une vivacité inouïe, disparaissant dans la pénombre extérieure.

Mais avant que je puisse réaliser ce qu'il se passait, un objet mystérieux, ressemblant à un œuf de créature fantastique, fut projeté en plein milieu du commissariat, émettant une épaisse fumée qui engloutit la salle. Les personnes les plus proches s'effondrèrent, comme victimes d'un gaz soporifique.

Tandis que les nuages denses s'épaississaient, le temps semblait ralentir. Mon regard croisa celui de ma sœur. Elle fouilla rapidement dans son sac à dos, en tirant des mouchoirs. Nous nous couvrîmes le visage et, luttant contre le chaos, nous contournâmes le corps inerte de notre chère tante Agathe pour nous réfugier dans les toilettes.

Là, je verrouillai précipitamment la porte tandis que Camille, les yeux emplis de panique, tentait vainement d'ouvrir une petite fenêtre barricadée de lourds barreaux. « Kévin, nous sommes piégés ! » s'écria-t-elle, la voix tremblante.

Une voix lointaine, glaciale et impérieuse, ordonna de fouiller le bâtiment. Le poids de notre situation devint encore plus lourd, chaque seconde semblant une éternité.

C'est alors qu'une silhouette familière apparut à la fenêtre : Bastet. Ses yeux, autrefois si familiers, brillaient d'une lueur mystique et surnaturelle. Elle miaula, mais à ma stupéfaction, c'était la voix d'une femme sage qui prononça :

— « Kévin, je t'avais mis en garde. Les vents m'avaient parlé de ce jour. Vous devez fuir, et vite ! »

— Camille, les yeux écarquillés, balbutia, « Un... un chat qui parle ? Est-ce que je suis en train de rêver ou de perdre
la raison ? »

— Bastet soupira, sa queue ondulant avec impatience, « Camille, il faut que tu restes forte. L'heure n'est pas aux questions. Vous devez échapper à vos poursuivants. »

— Mais avant que nous puissions répondre, elle ajouta avec urgence, « Prenez-vous la main. Imaginez un oiseau, n'importe lequel. Kévin, avec ton autre main, saisis ton médaillon ancien et prononce : hawalani 'iilaa tayir ! »

Hésitant à peine, je récitai le chant mystique. Le monde autour de nous sembla se distordre, une brume s'élevant du médaillon, nous enveloppant dans son étreinte enchanteresse. Une sensation étrange, comme si mon âme était arrachée puis replacée, me submergea. Quand la vision se stabilisa, la surprise fut totale. Je fus confronté à mon propre reflet dans un miroir. Mais ce n'était pas mon visage. Des plumes, des ailes...

Mon cri strident résonna à travers la petite pièce. Nos corps s'étaient métamorphosés. Pas en de majestueux oiseaux comme on aurait pu l'espérer, mais en... canards ? Mes pattes maladroites, flasques et palmées, se déplacèrent instinctivement vers la fenêtre. Nous étions légers, agiles et... libres.

Nos sens étaient à la fois étranges et familiers. Chaque battement d'aile, chaque mouvement de plume, chaque brise que nous ressentions sur notre nouveau corps semblait à la fois terrifiant et exaltant. À présent sous la forme d'oiseaux, les barreaux massifs de la fenêtre n'étaient plus un obstacle. Avec une certaine dextérité inexpérimentée, nous glissâmes à travers les intervalles, guidés par les miaulements de Bastet, qui se transformèrent en un chant doux et mélodieux, adapté à nos nouvelles oreilles d'oiseaux.

Lilie, de son vrai nom égyptien Bastet, déesse de la protection et des chats, avait toujours été proche de nous, même quand nous ne connaissions d'elle que son apparence féline. Nous la suivîmes à travers les courants d'air chaud qui montaient de la ville, évoluant au-dessus des toits en ardoise et des cheminées fumantes, jusqu'à atteindre le point le plus élevé du commissariat.

Là-haut, une vue panoramique de la ville s'étendait devant nous. Les lumières scintillantes des lampadaires, les voitures ressemblant à des jouets miniatures, et la lune presque pleine qui trônait dans le ciel étoilé. C'était un spectacle à couper le souffle, d'autant plus magique par notre nouvelle perspective d'oiseaux.

Ma sœur et moi nous étions retrouvés perchés à l'extrémité du toit du vieux commissariat de police. La brise légère ébouriffait mes plumes tandis que la scène épique se déroulait sous nous. Trois ravisseurs, aux allures diaboliques, se tenaient fièrement, mais je pouvais discerner un semblant de crainte dans leurs yeux.

Au loin, une vague de policiers avançait, leurs ombres gigantesques se faufilant entre les ruelles. Ils étaient probablement alertés par les coups de feu que nous avions entendus quelques instants plus tôt. Comprenant qu'ils étaient sur le point d'être pris, les ravisseurs s'évaporèrent rapidement dans la brume.

Un murmure, semblable au doux son d'une mélodie, caressa mes oreilles. C'était Bastet. Sa voix était douce, mais un avertissement clair transperçait ses mots. « Tu nous as fait peur, Bastet ! » m'exclamai-je, les battements de mon cœur toujours audibles. Elle nous fit signe de nous approcher, dévoilant son secret.

En battant maladroitement des ailes et avec une démarche digne d'un canard, nous nous rapprochâmes d'elle. L'aura mystique de Bastet était palpable. Elle fixa le médaillon autour de mon cou et commença à raconter son histoire.

— « Ce médaillon n'est pas ce qu'il semble être » commença-t-elle. « Il a le pouvoir de transcender l'espace et le temps, mais seulement s'il est complet. Ta transformation n'était qu'un aperçu de ce qu'il peut faire. »

Je fus fasciné par les histoires des anciens rois égyptiens, les Dieux et la magie. Toutefois, la révélation que ma propre transformation était le résultat de mon désir intérieur me prit au dépourvu. Ma sœur et moi avions fusionné nos désirs, d'où cette étrange transformation.

— « Comment se fait-il que nous possédions une telle relique ? » demandai-je, le souffle court.

Alors que Bastet s'apprêtait à nous raconter son histoire, l'air se chargea soudain d'une électricité étrange. Un nuage de fumée nous enveloppa, et en un clin d'œil, notre forme animale disparut. Touchant mes mains, je pouvais sentir des picotements.

— « C'est donc fini ? » chuchotai-je.

— Ma sœur, bien qu'elle semblât soulagée, me lança un regard réprobateur et se tourna vers Bastet. « Merci, ce n'était vraiment pas trop tôt ! »

Les vents nocturnes faisaient frissonner les arbres alentour tandis que Bastet, assise gracieusement sur le rebord du toit, nous invita à nous joindre à elle. Ses yeux brillaient d'une lueur mystique, presque surnaturelle, et chaque parole qu'elle prononçait semblait porter le poids de mille histoires.

— « Ce que vous avez entre vos mains, » commença-t-elle, en pointant doucement avec sa queue vers le médaillon que je tenais, « n'est pas seulement un bijou ou un artefact ancien. C'est un témoin de l'ère où les dieux côtoyaient les hommes, une époque où les frontières entre la réalité et le mystique étaient floues. Sa création remonte à l'époque où les dieux marchaient aux côtés des humains, où les mystères de l'univers étaient encore à découvrir. »

Elle fit une pause, ses yeux perdus dans le lointain, comme si elle revoyait un passé révolu.

— « Il a été forgé par Anubis, le dieu de l'au-delà, pour Akhen, le prince d'Égypte et sa sœur, Nitocris. Les deux étaient inséparables, mais ils étaient aussi très différents. Le prince était doux et réfléchi, tandis que Nitocris était audacieuse et aventureuse. Anubis, reconnaissant leur dévotion mutuelle, leur offrit ce médaillon, permettant à chacun d'eux de se transformer en ce qu'il désirait, reflétant leurs âmes véritables. Ils avaient pour mission de protéger le royaume des mortels de l'Égypte ancienne. Le médaillon, cependant, avait une caractéristique unique : il réagissait à l'intention de celui qui le portait. C'est pourquoi il est essentiel d'avoir une harmonie parfaite entre vos pensées et vos désirs. Une pensée égarée, et la transformation pourrait ne pas se dérouler comme prévu. »

Elle baissa les yeux, ajoutant d'un ton plus sombre :

— « C'est aussi une relique de pouvoir, et avec le pouvoir vient la convoitise. De nombreux ennemis ont tenté de s'emparer du médaillon au fil des siècles, désirant l'utiliser à des fins malveillantes. C'est pourquoi Nitocris, après la mort tragique de son frère, cacha le médaillon, le scindant en deux pour en protéger le pouvoir. Je suis la gardienne d'une des moitiés, celle que vous détenez aujourd'hui. Le médaillon n'est pas seulement un outil de transformation, » continua-t-elle. « Il est aussi un pont entre le présent et le passé, un moyen de voyager à travers le temps sous forme d'esprit, de voir l'avenir et le passé. Cependant, pour accéder à ces pouvoirs plus avancés, il faut réunir les deux moitiés. Votre père, en découvrant l'une d'elles, a ouvert une porte que beaucoup croyaient fermée pour toujours. Vous devez être prudents. Les forces qui cherchent le médaillon sont redoutables, et elles ne reculeront devant rien pour obtenir ce qu'elles désirent. On les appelle les Scorpions noirs du désert. »

Les paroles de Bastet résonnaient en nous. Nous étions à la fois émerveillés par la magie du médaillon et conscients de la lourde responsabilité qu'il nous imposait.

Bastet posa doucement une patte sur le médaillon, l'autre sur ma poitrine, sa voix prenant une nuance plus douce.

— « Mais souvenez-vous, Kévin, de ceci : si le médaillon est puissant, le cœur de celui qui le détient l'est encore plus. Portez-le avec sagesse, et il vous protégera comme il m'a protégée. »

Son récit, imprégné de magie et de mystère, nous enveloppa, nous laissant émerveillés et effrayés à la fois par la lourde responsabilité que nous avions héritée. Ce n'était que le début de notre aventure, et je savais que ma sœur et moi devions protéger ce médaillon à tout prix.

CHAPITRE 7. LE TRAIN POUR MARSEILLE

« Quelle horreur ! » s'écria Camille, les yeux écarquillés et le visage blême. « Cette histoire est incroyablement sombre et effrayante. Et je ne vois pas en quoi cela nous concerne. »

Bastet, la déesse-chat, nous regarda avec une sérénité déconcertante. Ses yeux verts semblaient pénétrer nos âmes.

— « Vous avez été choisis pour protéger l'amulette, » dit-elle, sa voix empreinte d'une gravité qui contrastait avec sa petite taille féline.

— « Pourquoi nous ? » demanda Camille, perplexe. « Nous n'avons même pas de liens avec l'Égypte, si ? »

— « Comment peux-tu en être si sûre ? » rétorqua Bastet, un sourire mystérieux se dessinant sur ses lèvres félines. « Votre lignée est plus ancienne et plus complexe que vous ne l'imaginez. »

Bastet sauta du rebord de la cheminée sur lequel elle avait grimpé quelques instants auparavant et se dirigea vers l’échelle de secours qui descendait le long de la face de l’immeuble.

— « Il est temps de partir, les enfants. La nuit profonde approche, et nous avons encore un long chemin à faire pour atteindre Marseille et ensuite Alexandrie. »

— Camille fronça les sourcils, ses yeux se plissant en une expression de confusion. « Mais tu nous as dit qu'on ne pouvait pas prendre l'avion, non ? Nos ennemis surveillent probablement les aéroports. »

Bastet hocha la tête, ses oreilles pointues se baissant légèrement.

— « Exact. Dans les aéroports, vous devrez montrer vos cartes d'identité ou vos passeports. Nos adversaires pourraient facilement accéder à ces listes et nous intercepter avant même que nous ayons une chance de quitter le pays. »

— Je sentis une idée germer dans mon esprit, une étincelle d'espoir. « Et si Camille et moi, on se transformait à nouveau ? On pourrait voler jusqu'à Marseille ! »

Bastet me regarda, ses yeux verts semblant percer jusqu'à mon âme.

— « Kevin, je suis un chat. Je ne peux pas voler avec vous. Et n'oublie pas que la transformation ne dure qu'un temps limité. Vous vous écraseriez avant même d'atteindre Marseille. Non, notre meilleure option est de marcher jusqu'à la gare la plus proche et de prendre un train de nuit. »

Je sentis mon cœur s'alourdir à ses mots, mais je savais qu'elle avait raison. La magie avait ses limites, et nous ne pouvions pas nous permettre de prendre des risques inutiles. Surtout pas maintenant que la vie de notre père était en jeu.

— « Très bien, » dis-je, regardant Camille qui acquiesça silencieusement. « Allons à la gare, alors. »

« Il est trop risqué de marcher en pleine rue, » dit Camille, son regard scrutant les ombres qui s'étiraient sur les pavés en contrebas.

Bastet miaula, comme si elle réfléchissait, puis ses yeux brillèrent d'une lueur mystérieuse. « Je connais un chemin, » dit-elle, sa voix résonnant dans nos esprits. « Les catacombes. Elles nous mèneront à la gare en toute sécurité. »

Nous suivîmes Bastet jusqu'à une bouche de métro désaffectée. Elle s'approcha d'un graffiti représentant un chat et posa sa patte dessus. À notre grande surprise, le graffiti s'illumina, et une porte secrète s'ouvrit dans le mur, révélant un escalier en colimaçon qui descendait dans les profondeurs de la terre.

Nous descendîmes prudemment dans les catacombes, nos pas résonnant sur les pierres usées par le temps. Le chemin était sinueux, un labyrinthe de tunnels et de chambres secrètes, mais Bastet nous guidait avec une assurance infaillible.

Soudain, un bruit sourd et sinistre résonna derrière nous, semblable au grondement d'une tempête souterraine. Des pas. Lourds, irréguliers, mais indéniablement en train de se rapprocher. Le son semblait venir de toutes les directions à la fois, ricochant sur les murs de pierre et créant une cacophonie angoissante.

Bastet s'arrêta net, ses oreilles dressées, ses yeux scrutant les ténèbres. « Quelque chose nous suit, » dit-elle, sa voix empreinte d'une gravité qui nous glaça le sang. « Ou plutôt, quelqu'un. »

Nous nous serrâmes les uns contre les autres, nos cœurs battant à l'unisson dans un crescendo d'appréhension. Les pas se rapprochaient, de plus en plus forts, de plus en plus proches. Et puis, une ombre apparut à l'intersection d'un tunnel adjacent. Une silhouette indistincte, flottant dans l'obscurité comme une tache d'encre dans un puits sans fond. C'était l'ombre maléfique de Tomenos.

« Vite, par ici, » chuchota Bastet, ses yeux brillant d'une lueur presque surnaturelle. Elle nous guida à travers un passage étroit, à peine assez large pour que nous puissions passer. Les murs semblaient se resserrer autour de nous, comme si les catacombes elles-mêmes cherchaient à nous avaler.

Alors que nous avancions, l'ombre de Tomenos sembla se renforcer, attirant à elle les âmes noires des morts des catacombes. Un amas noir et froid se formait, nous suivant comme une traînée de ténèbres.

Nous débouchâmes enfin dans une grande salle souterraine, le souffle court, les muscles tendus. Au centre, un puits de lumière éclairait un vieux panneau en bois sur lequel étaient gravés les mots « Gare de Lyon ».

« Nous y sommes, » dit Bastet, un sourire félin éclairant son visage. « Mais restons vigilants. Ce qui nous suivait pourrait encore être là. »

Nous nous précipitâmes vers la sortie, le cœur léger mais les sens en alerte. En quelques minutes, nous nous retrouvâmes sur le quai de la gare, le train de nuit pour Marseille prêt à partir.

Le haut-parleur crachota avant de diffuser un message « Tan-tin-tan-dam. Le train Intercité numéro 3215 à destination de Marseille Saint Charles, départ à 22 heures 35, partira voie 4. »

Bastet nous jeta un regard scrutateur. « Il faut que nous passions inaperçus, surtout aux yeux du contrôleur. Êtes-vous prêts, les enfants ? »

Camille et moi échangeâmes un regard nerveux. Nous étions cachés derrière un pilier massif de la gare, à côté d'un tas de valises appartenant à un groupe de touristes allemands. Ils étaient occupés à composter leurs billets, totalement inconscients de la tension qui nous enveloppait.

Le sifflement strident des agents de la SNCF retentit, signalant la fermeture imminente des portes du train. C'était notre signal. Comme des ombres, nous nous glissâmes à pas de loup vers la voiture numéro 8 du train, Bastet filant silencieusement devant nous.

Une fois à bord, Bastet nous guida vers un coin tranquille du wagon.

— « C’est un train de nuit, les enfants. Trouvons des places où nous pourrons nous asseoir et essayer de dormir un peu. Nos aventures sont loin d'être terminées, et nous aurons besoin de toutes nos forces. »

Nous trouvions un wagon vide où nous installer. Tout à coup Camille interrogea Bastet

« Lilie, heu je veux dire Bastet, j’ai l’impression que tu ne nous as pas tout dit… »

Bastet se mit face à nous. Elle nous fixait avec une intensité qui semblait transcender le temps et l'espace.

« Écoutez-moi bien, jeunes héritiers du Nil, » commença-t-elle, sa voix prenant une tonalité presque mélodique. « Vous n'êtes pas de simples enfants perdus dans les méandres de l'histoire. Vous êtes les échos vivants d'une lignée royale égyptienne, une lignée qui a bravé les sables du temps pour trouver refuge en Gaule, loin des pyramides et des sphinx. »

Camille et moi échangeâmes un regard incrédule, mais Bastet continua, imperturbable.

« Une ancienne prophétie, écrite sur les murs d'un temple oublié, parle de la naissance de deux enfants en terre étrangère. Frère et sœur, ils seraient les réincarnations des âmes du prince Akhen et de la grande prêtresse Nitocris. Vous êtes ces enfants, et le moment que la prophétie a prédit est enfin arrivé. »

Un frisson parcourut mon échine. Les mots de Bastet étaient si convaincants, si imprégnés de certitude, que je ne pouvais m'empêcher de croire, même un peu, à cette histoire incroyable.

« Mais soyez avertis, » ajouta Bastet, sa voix se durcissant.
« La lignée ennemie, celle qui a trahi et massacré vos ancêtres, sait aussi que le temps de la prophétie est venu. Ils ont cherché l'amulette à travers les âges, fouillant chaque

tombe, chaque temple. Votre père a réussi là où ils ont échoué pendant des siècles. Et maintenant, ils sont prêts à tout pour reprendre ce qu'ils considèrent comme le leur. Tomenos en a besoin pour augmenter sa puissance et il est persuadé qu'il pourra obtenir la vie éternelle en le combinant avec ses pouvoirs ». Bastet s'étira comme le font les chats prêts à dormir « Maintenant il faut se reposer ».

Je sentis mon cœur battre un peu moins fort alors que nous nous installions. Camille à ma gauche, Bastet blottie sous mon siège, nous étions en route pour Marseille, et au-delà, vers une destinée encore inconnue.

CHAPITRE 8. EMBARQUEMENT

Je fus tiré de mon sommeil par une voix impersonnelle qui résonnait dans le wagon : « Mesdames et Messieurs, notre train va arriver en gare de Marseille Saint Charles. 5 minutes d'arrêt. »

Je me frottai les yeux. « Enfin, nous arrivons. J'ai hâte de voir Marseille. »

Bastet, qui s'était réveillée quelques instants avant moi, me lança un regard sévère.

— « Miaou, Kevin, oublie la visite touristique. Nous sommes en mission. Nous devons nous rendre au port pour prendre un bateau en direction de l'Égypte. Et ce ne sera pas une mince affaire, les hommes de Tomenos sont à nos trousses. »

— « Les hommes de qui ? » demandai-je, encore à moitié endormi.

Avant que Bastet puisse répondre, le train commença à ralentir, les freins grinçant contre les rails. L'arrêt complet provoqua une légère secousse qui fit tressaillir les wagons et les passagers.

— « Kevin, pas le temps pour les détails maintenant, » me pressa Bastet. « Il faut nous dépêcher. Descendons le plus rapidement possible, mais restons discrets. »

Camille, qui venait de se réveiller, se leva et récupéra son sac à dos. Elle leva les yeux et remarqua les regards perplexes des autres passagers, qui attendaient que les portes s'ouvrent.

— « Pourquoi ces gens nous regardent-ils comme ça ? » murmura-t-elle à mon oreille.

— « Je ne sais pas, Camille. Peut-être parce que ça fait plusieurs heures qu'on parle à notre chat et qu'ils ne comprennent pas ce qui se passe. »

Bastet laissa échapper un rire silencieux, sa queue se balançant dans l'air comme un éventail en mouvement.

— « Tu commences à saisir l'essence de la situation, Kevin. Grâce à mes pouvoirs magiques, je peux choisir qui peut m'entendre et qui ne le peut pas. Pour les autres passagers, je ne suis rien de plus qu'un chat qui émet des miaulements. »

Nous nous faufilâmes à travers le wagon, évitant les regards curieux, et débarquâmes sur le quai bondé de la gare. Je tenais fermement la main de ma sœur pour ne pas nous perdre dans la foule, suivant tant bien que mal Bastet qui se glissait agilement entre les jambes des passagers et leurs bagages.

— « Attends-nous, Bastet ! Tu vas trop vite ! » criai-je, mais elle était déjà loin devant.

Tandis que nous déambulions à travers les rues labyrinthiques de Marseille, une sensation étrange commença à s'insinuer en moi. C'était comme si une chaleur intérieure, douce mais insistante, se propageait à travers mes veines, guidant mes pas de manière presque hypnotique. Mes yeux se posèrent sur un bâtiment que nous venions tout juste de dépasser. L'architecture du lieu, ses pierres anciennes et ses fenêtres aux vitraux colorés, tout semblait banal, mais quelque chose m'appelait. C'était le Musée d'Histoire de Marseille.

— « Je dois faire demi-tour et y aller, » m'écriai-je, incapable de détourner mon regard du musée. Mes yeux étaient comme aimantés par sa façade, et une force invisible semblait m'y attirer. « Il y a quelque chose là-bas, quelque chose d'incroyablement puissant. Je peux le sentir, c'est comme si ça faisait écho à quelque chose en moi. »

Je me tenais là, presque en transe, ressentant cette attraction irrésistible. C'était comme si le musée lui-même me murmurait, m'invitant à découvrir un secret enfoui, un mystère qui attendait d'être révélé.

À peine avions-nous franchi les portes du musée que je sentis une atmosphère lourde s'abattre sur nous. Deux gardiens en uniforme, le visage sévère et les yeux scrutateurs, s'avancèrent vers nous. Ce qui attira mon attention, cependant, fut le tatouage de scorpion noir qui ornait le poignet du premier homme. Un frisson glacé me parcourut la colonne vertébrale, comme un avertissement silencieux que quelque chose n'allait pas.

« Vous ne pouvez pas entrer avec un animal, » déclara-t-il d'une voix froide et autoritaire, en pointant du doigt Bastet, qui se blottissait dans mes bras.

Avant que nous puissions ouvrir la bouche pour répondre, Bastet sembla comprendre la situation. Avec une agilité surprenante, elle bondit hors de mes bras et disparut dans un couloir adjacent, ses pattes à peine effleurant le sol. Le premier gardien, surpris mais déterminé, nous lança un regard menaçant, comme s'il nous tenait pour responsables de l'évasion de Bastet. Ils se lancèrent à sa poursuite, leurs bottes claquant sur le sol de marbre.

Profitant de cette diversion inattendue, Camille et moi échangeâmes un regard complice. Sans un mot, nous nous éclipsâmes rapidement dans la direction opposée, disparaissant derrière une autre série d'expositions. Mais le second garde avait remarqué notre échappée et fit demi-tour pour nous trousser. Le rythme de mon cœur s'accéléra, non seulement à cause de la poursuite, mais aussi parce que je sentais que nous nous rapprochions de quelque chose de grand.

« Divisons-nous, » suggéra Camille. « Je vais à gauche, tu vas à droite. Je vais faire en sorte qu'il me suive. On se retrouve ici dans cinq minutes. »

Je hochai la tête, ressentant une attraction irrésistible qui me tirait vers la section égyptienne du musée. Chaque pas que je faisais semblait amplifié, comme si je marchais dans un rêve. Finalement, je me retrouvai devant deux statues qui captivèrent instantanément toute mon attention. L'une représentait un œil mystérieux, entouré de hiéroglyphes que je ne pouvais pas déchiffrer, et l'autre était celle d'un homme à la tête de chacal, majestueux et imposant.

À cet instant, une sensation étrange m'envahit. Le monde autour de moi commença à se brouiller, les couleurs et les formes se fondant en une lumière éblouissante. Je me sentis aspiré dans un tunnel de lumière, comme si je traversais une porte vers un autre monde.

Je me retrouvai dans un désert aride, le sable brûlant sous mes pieds et le soleil implacable frappant le sol avec une force dévastatrice. Au loin, une silhouette se dessinait contre le ciel bleu infini, un homme à la tête de chacal. C'était Anubis, le dieu de la mort et de la renaissance. Il pointa son doigt squelettique vers un cavalier qui galopait à toute allure à l'horizon. Mon cœur se serra en reconnaissant la silhouette familière. C'était mon père, monté sur un cheval, comme s'il fuyait un danger invisible.

Je remarquai alors un détail qui me frappa dans le paysage derrière mon père. Les dunes semblaient s'ouvrir sur une étendue d'eau, une oasis peut-être, ou même une mer. À côté de cette étendue d'eau, je vis un village lointain, ses contours flous dans la chaleur du désert. Ce qui attira mon attention, cependant, c'était un panneau en bois à l'entrée du village. Même de loin, je pouvais distinguer des lettres gravées dessus. Grâce à la clarté surnaturelle de la vision, je parvins à lire le nom : « Agami. »

C'était comme si Anubis lui-même voulait me donner un indice sur l'emplacement de mon père. Le nom « Agami » résonna dans mon esprit, comme un écho lointain mais persistant. Je n'avais jamais entendu parler de ce village, mais le panneau et le nom gravé dessus étaient si distincts que je ne pouvais pas les ignorer. C'était un message, un signe directement lié au danger qui menaçait mon père, et peut-être même un indice sur l'endroit où nous devrions chercher ensuite.

« Papa ! » criai-je, espérant que ma voix porterait à travers le vent chaud du désert. Mais mes paroles se perdirent, emportées par une brise sèche et impitoyable. Il ne pouvait pas m'entendre, et mon cri se transforma en un écho silencieux, se perdant dans l'immensité du désert.

Aussi brusquement que j'avais été emporté dans cette vision, je fus ramené à la réalité. Je me retrouvai allongé sur le sol froid et dur du musée, désorienté et haletant. Camille et Bastet étaient là, à mes côtés, leurs visages marqués par une inquiétude palpable. Leurs yeux me sondèrent, cherchant des réponses à des questions non posées, et je sus que je devais leur dire ce que j'avais vu, surtout l'indice crucial sur l'emplacement de notre père. »

Nous avons réussi à semer ces gardiens bizarres, » dit Camille, reprenant son souffle. « Mais qu'est-ce qui s'est passé ? »

— « Je crois que je viens de voir où est papa, » répondis-je, encore sous le choc de la vision. « Et il est en grand danger. »

Bastet sauta sur une table à côté de la vitrine contenant la statue d'Anubis.

— « Ce que tu as vécu, Kevin, est une vision, un aperçu du péril qui menace votre père. C'est un don rare, probablement déclenché par la proximité de ces artefacts égyptiens. »

— « Un don ? » demandai-je, encore un peu étourdi par l'expérience.

— « Oui, » répondit Bastet, ses yeux verts fixés sur moi. « Votre lignée a toujours été connectée aux mystères et aux pouvoirs de l'Égypte ancienne. Il n'est pas surprenant que tu commences à manifester des capacités liées à cet héritage. »

— « Alors, qu'est-ce qu'on fait maintenant ? » demanda Camille, ses yeux scrutant les deux directions du couloir du musée comme si elle s'attendait à voir réapparaître le gardien à tout moment.

— « Nous devons partir d'ici, » déclara Bastet, sa queue frémissante d'urgence. « Si ce gardien est ce que je pense qu'il est, alors il ne sera pas seul. D'autres viendront, et ils seront encore moins amicaux. »

Je me relevai, secouant la tête pour éclaircir mes pensées.

— « D'accord, sortons d'ici. Mais ensuite, nous devons aller en Égypte. Nous devons trouver papa. »

Camille ramassa son sac à dos et le passa sur son épaule.

— « Bien sûr, mais comment ? Nous ne pouvons pas simplement prendre un avion, surtout si ces types sont aussi organisés que tu le penses. »

Bastet sauta du haut de la table et atterrit gracieusement sur le sol.

— « Il y a d'autres moyens de voyager. Des moyens que même nos ennemis ne peuvent pas facilement suivre. »
— « Comme quoi ? » demandai-je, intrigué.

— « Vous en saurez plus en temps voulu, » répondit Bastet, ses yeux brillant d'un éclat mystérieux. « Pour l'instant, concentrons-nous sur notre sortie. »

Nous nous dirigeâmes vers la sortie du musée, nos sens en alerte. À chaque coin, à chaque intersection de couloirs, nous nous attendions à voir surgir le gardien ou l'un de ses complices. Mais rien. C'était comme si nous avions disparu de leur radar.

Une fois à l'extérieur, l'air frais de la nuit marseillaise nous frappa le visage, comme pour effacer les tensions des dernières heures. Nous nous éloignâmes rapidement du musée, disparaissant dans les ruelles sombres, guidés par Bastet.

— « Où allons-nous maintenant ? » demanda Camille, sa voix tremblante d'anticipation.

— « Nous allons prendre un bateau, » répondit Bastet. « Un vieux bateau de pêcheur que je connais bien. Il nous mènera en Égypte, loin des radars de nos ennemis. »

Je sentis une vague d'espoir monter en moi. Peut-être que, malgré tous les obstacles et les dangers, nous avions une chance de sauver notre père. Et qui sait, peut-être même de découvrir qui nous étions vraiment dans ce vaste puzzle de mystères et de légendes.

— « Alors allons-y, » dis-je, resserrant mon emprise sur le médaillon, comme pour puiser de la force dans son métal ancien. « Allons sauver notre père et peut-être même le monde. »

Bastet nous lança un regard approbateur et s'élança devant, nous guidant à travers les ruelles de Marseille et vers notre prochaine grande aventure.

CHAPITRE 9. LA TRAVERSEE

Nous suivîmes Bastet à travers les ruelles sinueuses de Marseille, nos pas résonnant sur les pavés anciens. La nuit était tombée, et la ville semblait s'être retirée dans un sommeil profond, à l'exception des lumières lointaines du port qui scintillaient comme des étoiles sur la surface de l'eau.

« Nous y sommes presque, » murmura Bastet, sa silhouette agile se faufilant à travers les ombres comme si elle était une partie intégrante de la nuit elle-même.

Enfin, nous arrivâmes au port, où une multitude de bateaux étaient amarrés, leurs coques de bois et de métal se balançant doucement sur l'eau. Bastet nous conduisit à un vieux bateau de pêcheur, son bois usé par le temps et les éléments.

« C’est ici, » dit-elle, sautant agilement à bord.

« Montez, et faites-le rapidement. Nous ne savons pas si nous avons été suivis. »

Camille et moi échangeâmes un regard, puis, avec une dernière bouffée d'air frais de la mer, nous montâmes à bord. Le bateau était vieux mais solide, rempli de l'odeur du sel et du poisson. Bastet nous guida vers la cabine, où un vieil homme à la barbe grisonnante nous attendait.

— « Ah, Bastet, toujours un plaisir de te voir, » dit-il, ses yeux se plissant en un sourire chaleureux. « Et qui sont ces jeunes gens ? »

— « Des amis, » répondit Bastet. « Ils ont besoin de se rendre en Égypte. Pouvez-vous nous aider, Capitaine Ahmed ? »

Le vieil homme nous examina attentivement, puis hocha la tête.

— « Pour toi, Bastet, bien sûr. Mais ce ne sera pas une croisière de luxe, vous savez. »

— « Nous n'avons pas besoin de luxe, » dis-je, pensant à notre père et aux dangers qui l'entouraient. « Nous avons juste besoin d'y arriver le plus rapidement possible. »

Capitaine Ahmed nous fit signe de le suivre à l'intérieur de la cabine. « Alors, asseyez-vous et accrochez-vous. Ce sera un voyage mouvementé. »

Alors que le bateau commençait à s'éloigner du port, je regardai Marseille s'évanouir dans la distance, ses lumières se fondant dans l'obscurité de la mer. Je pensais à tout ce qui s'était passé, à tout ce qui nous attendait encore. Mais pour la première fois depuis longtemps, je sentais que nous n'étions pas seuls dans cette aventure. Nous avions Bastet, nous avions le Capitaine Ahmed, et surtout, nous avions l'un l'autre.

Je me tournai vers Camille, qui regardait aussi la côte disparaître. Nos yeux se rencontrèrent, et dans ce simple échange, je trouvai le courage de faire face à tout ce qui nous attendait.

— « Alors, direction l'Égypte, » murmura-t-elle, comme pour sceller notre pacte silencieux.
— « Oui, » dis-je, serrant sa main dans la mienne. « Direction l'Égypte. Et cette fois, rien ne nous arrêtera. »

Bastet, assise à la fenêtre, miaula doucement, comme pour approuver. Et alors que le bateau fendait les eaux sombres, nous savions que notre véritable aventure ne faisait que commencer.

Je ne pus m'empêcher de poser la question qui me brûlait les lèvres. « Bastet, comment connais-tu le Capitaine Ahmed ? Et comment savais-tu qu'il serait ici ? »

Bastet se tourna vers moi, ses yeux dorés brillant dans la lumière tamisée de la cabine.

— « Ah, le Capitaine Ahmed et moi avons une longue histoire. Il y a des années, il a trouvé une statuette ancienne lors d'une de ses pêches en mer Rouge. Cette statuette n'était autre que celle de Bastet, la déesse que je suis. Intrigué et respectueux des légendes, il a rendu la statuette à un temple en Égypte plutôt que de la vendre. En remerciement, je l'ai aidé à plusieurs reprises, notamment en le guidant à travers des tempêtes. »

Camille et moi écoutions, fascinés.

— « Et pour ce soir ? » demandai-je.

— « Je l'ai contacté en rêve, » dit Bastet, comme si c'était la chose la plus naturelle du monde. « Les chats ont toujours eu une connexion particulière avec le monde des rêves. J'ai su qu'il serait ici, dans ce port, pour une escale. Il a accepté de nous aider, sachant que c'était moi qui demandais. »

Je regardai Bastet, puis Camille, et enfin le Capitaine Ahmed, qui était occupé à vérifier les instruments de navigation. Tout cela semblait incroyable, presque irréel. Mais après tout ce que nous avions vécu, comment pouvais-je douter ?

— « Merci, Bastet, » dis-je finalement, mes mots emplis de gratitude et de respect.

Elle miaula doucement, comme pour dire «de rien », puis se tourna pour regarder la mer qui s'étendait devant nous, infinie et pleine de mystères.

Le navire du Capitaine Ahmed glissait sur les eaux redevenues calmes de la Méditerranée. Tout semblait paisible, jusqu'à ce que le radar du navire détecte une grande masse se rapprochant rapidement.

— « Ce n'est pas bon, » murmura le Capitaine Ahmed, les yeux rivés sur l'écran du radar. « C'est un grand navire, et il se dirige droit vers nous. »

À peine avait-il fini sa phrase qu'un puissant projecteur s'alluma depuis le navire en approche, illuminant notre bateau comme si c'était le jour. Le grondement des moteurs se fit plus fort, et le grand navire s'arrêta à quelques mètres du nôtre.

— « Préparez-vous à l'abordage ! » cria le Capitaine Ahmed à son équipage.

Des cordes équipées de crochets métalliques volèrent à travers l'air nocturne, s'accrochant avec un bruit sourd à la rambarde de notre navire. Le grincement du bois et du métal se mêla aux cris de l'équipage, qui se précipita pour repousser l'abordage imminent.

Des hommes vêtus de noir, le visage masqué et armés jusqu'aux dents, commencèrent à grimper le long des cordes avec une agilité de singe. Certains tenaient des fusils d'assaut, d'autres brandissaient des couteaux de combat. Ils étaient manifestement bien entraînés et déterminés.

Le Capitaine Ahmed, un sabre à la main, se jeta dans la mêlée avec une bravoure qui forçait le respect. Ses mouvements étaient fluides et précis, tranchant l'air et parant les coups avec une aisance qui trahissait des années d'expérience. Chaque fois que son sabre rencontrait un adversaire, celui-ci était rapidement neutralisé, tombant à la mer ou s'effondrant sur le pont.

Mais même les plus braves ne sont pas invincibles. Au milieu du chaos, un homme armé d'un fusil réussit à se faufiler derrière une caisse de provisions. Il prit le temps de viser et tira. La balle siffla à travers l'air, frappant le Capitaine Ahmed à la jambe. Il s'effondra avec un cri de douleur, son sabre glissant de sa main et tombant sur le pont avec un bruit métallique.

— « Emmenez-les ! » ordonna le leader des assaillants, un homme avec un tatouage de scorpion sur le poignet.

Nous fûmes poussés vers une grande caisse en bois, assez spacieuse pour contenir plusieurs personnes. Le Capitaine Ahmed fut jeté à l'intérieur avec nous, sa jambe saignant abondamment.

La caisse fut rapidement scellée et clouée, et nous entendîmes le bruit des moteurs du grand navire qui reprenait sa route.

Le Capitaine Ahmed gisait au fond de la caisse, sa jambe enveloppée dans un tissu de fortune, taché de sang. Ses yeux étaient mi-clos, et il respirait avec difficulté. Camille et moi nous regardâmes, l'inquiétude peinte sur nos visages.

— « Nous devons faire quelque chose » murmura Camille, les larmes aux yeux.
— « Capitaine Ahmed, tenez bon, » murmura Bastet. « Kevin, c'est le moment d'utiliser l'amulette. »

Bastet sauta à côté du Capitaine et nous regarda gravement.

— « Vous avez le pouvoir de le guérir, mais vous devez vous concentrer. Le médaillon peut faire des miracles, mais seulement si vous y mettez tout votre cœur. »

Je pris l'amulette dans mes mains, Camille posant les siennes par-dessus les miennes. Nous fermâmes les yeux, essayant de nous concentrer malgré le tangage du bateau et les bruits lointains du navire du capitaine qu'ils venait de faire exploser pour le couler.

— « Imaginez la vie qui coule dans ses veines, imaginez la blessure se refermant, les tissus se régénérant » chuchota Bastet, sa voix douce mais ferme.

Nous nous concentrions, visualisant chaque détail comme Bastet nous l'avait dit. L'amulette se mit à briller d'une lumière dorée, illuminant la caisse sombre. Une chaleur enveloppante émana de l'amulette, se dirigeant vers la jambe blessée du Capitaine.

Le tissu taché de sang devint soudainement plus clair, la couleur rougeâtre s'estompant comme par magie. Le Capitaine Ahmed poussa un soupir de soulagement, ses yeux s'ouvrant en grand, remplis d'étonnement et de gratitude.

— « Vous l'avez fait, » dit-il, sa voix teintée d'émotion. « Je ne sais pas comment vous remercier. »

Camille et moi nous regardâmes, les larmes aux yeux, mais cette fois-ci, ce n'étaient pas des larmes de tristesse, mais de joie et de soulagement.

La nuit dans la caisse fut longue et inconfortable. Nous étions tous les trois entassés, essayant de trouver une position qui nous permettrait de dormir un peu. Le Capitaine Ahmed, malgré sa blessure récemment guérie et la tristesse d'avoir perdu son navire et son équipage, gardait le moral et nous racontait des histoires pour nous distraire. Bastet, elle, semblait inquiète, ses oreilles dressées à chaque bruit suspect.

Finalement, après ce qui nous sembla une éternité, nous sentîmes le bateau s'arrêter. Le bruit des moteurs se calma et le soleil commença à filtrer à travers les minuscules fentes de la caisse. Nous étions arrivés au port en Égypte.

Le Capitaine Ahmed nous regarda, ses yeux sérieux.

— « Vous devez partir sans moi. Le médaillon n'a pas assez de puissance pour nous transporter tous les trois. Maintenant que je suis guéri, je pourrai me défendre. »

Je pris l'amulette dans ma main et la serrai fort.

— « Je souhaite que nous devenions invisibles, assez pour traverser cette caisse et échapper à nos ennemis. »

L'amulette brilla d'une lumière dorée, et soudain, nos corps devinrent transparents, presque comme des fantômes. Nous pouvions voir à travers nous-mêmes, à travers la caisse, et même à travers le Capitaine Ahmed.

— « Allez, partez maintenant, » murmura le Capitaine, nous faisant un signe de la main.

Camille, Bastet et moi, nous nous levâmes prudemment. Nous avançâmes, traversant la paroi de la caisse comme si elle était faite de brume. Une sensation étrange, comme si nous étions enveloppés dans un voile d'air, nous envahit.

Nous posâmes les pieds sur le sol du port, le bois du quai semblant solide sous nos pieds après l'expérience irréelle que nous venions de vivre. Le soleil levant jetait ses premiers rayons dorés sur les bateaux amarrés et les structures du port, donnant à tout un aspect presque magique.

— « Nous devons nous éloigner avant que l'effet ne s'estompe, » chuchota Bastet, ses yeux scrutant les alentours pour s'assurer que nous étions toujours seuls.

Juste à ce moment, j'entendis des bruits de pas se rapprocher. Des voix graves et menaçantes s'élevaient, se dirigeant vers la caisse où nous étions enfermés quelques instants plus tôt. Les hommes du grand navire étaient là, venant vérifier leur prise.

Nous nous éclipsâmes rapidement, disparaissant dans les ruelles adjacentes. À mesure que nous nous éloignions du port, je sentis l'énergie de l'amulette diminuer, comme si elle avait épuisé une partie de sa puissance pour nous aider. Finalement, nous redevînmes visibles, nos corps reprenant leur opacité habituelle.

CHAPITRE 10. L'ARRIVEE A ALEXANDRIE

Nous nous retirâmes dans une petite ruelle, à l'abri des regards. Les murs de pierre ancienne et les fenêtres aux volets fermés nous offraient une certaine intimité. Bastet, sa queue ondulant doucement, nous fixa avec ses yeux dorés.

— « Je vais aller chercher des informations. Restez ici et ne bougez pas, » dit-elle, avant de disparaître dans l'ombre.

Camille et moi nous assîmes sur le sol, reprenant notre souffle. Le silence était presque palpable, seulement rompu par le lointain bruit des vagues et le cri occasionnel d'un oiseau de mer.

Soudain, un bruit sourd retentit à l'entrée de la ruelle. Un homme en tenue noire, le visage masqué et un tatouage de scorpion sur son poignet, apparut. Il tenait un couteau à la main et s'approcha de nous lentement, un sourire malveillant se dessinant sous son masque.

— « Vous pensiez vraiment pouvoir échapper aux Scorpions Noirs ? » dit-il, sa voix rauque et menaçante.

Avant que nous puissions réagir, une silhouette féminine bondit de nulle part et atterrit sur l'homme, le plaquant au sol. C'était Lou, ses cheveux châtains reflétant la lumière du matin. Elle immobilisa l'homme avec une prise experte, le forçant à lâcher son couteau.

— « Je vous ai attendus à la fontaine comme je l'avais dit à Kevin, mais quand vous n'êtes pas venus, j'ai su que je devais revenir en Égypte, » dit-elle, son accent anglais tranchant chaque mot.

L'homme au tatouage de scorpion se débattit, tentant de repousser Lou, mais elle était trop forte, trop rapide. En un éclair, elle le maîtrisa, son genou pressé contre sa gorge.

— « Merci, Lou. Tu arrives à point nommé, » dis-je, encore sous le choc.

À ce moment, Bastet réapparut, ses yeux s'élargissant en voyant la scène. « Je vois que vous avez eu de la visite. »

Lou relâcha sa prise sur l'homme, qui gisait maintenant inconscient sur le sol. Elle se tourna vers nous, ses yeux marrons perçants nous scrutant.

— « Vous avez l'air d'avoir vécu toute une aventure depuis notre dernière rencontre, Kevin, » dit-elle, ramassant le couteau de l'homme et le glissant dans une poche de sa veste.

— « Tu n'as pas idée, » répondis-je, échangeant un regard avec Camille. « Nous avons été capturés par des hommes armés en mer. Ils nous ont enfermés dans une caisse avec le Capitaine Ahmed, qui nous aidait à venir ici. Nous avons réussi à nous échapper, mais il est toujours leur prisonnier. »

Lou fronça les sourcils, son visage se durcissant.

— « Le Capitaine Ahmed ? Je le connais. C'est un homme bon. Nous ne pouvons pas le laisser entre leurs mains. »

— « Exactement, » renchérit Bastet, qui s'était assise à côté de nous, sa queue enroulée autour de ses pattes. « Il a risqué sa vie pour aider ces enfants. Nous devons faire quelque chose. »

— Lou hocha la tête, déterminée. « Je vais aller le chercher. Avec un peu de chance, ils ne se seront pas encore rendu compte de votre évasion. Vous, pendant ce temps, allez au commissariat. Trouvez l'inspecteur Ben-Salim. Il vous aidera. »

— « Comment le trouverons-nous ? » demanda Camille, son visage reflétant son inquiétude.

— « Ne vous inquiétez pas, » répondit Lou, «il m'attend. Je lui ai envoyé un message avant de vous retrouver. Il sait que vous venez. »

Elle se tourna pour partir, puis s'arrêta et nous regarda une dernière fois.

— « Soyez prudents. Les Scorpions Noirs sont plus dangereux que vous ne pouvez l'imaginer. »

Et avec ces mots, elle disparut dans les ruelles, nous laissant avec un sentiment mêlé d'espoir et d'inquiétude.

— « Les enfants, bienvenue quand même à Alexandrie, » avait déclaré Bastet, sa voix empreinte d'une gravité qui me rappelait l'importance de notre mission.

Nous arpentions un labyrinthe de rues, chaque tournant révélant un nouveau visage de cette ville millénaire. J'étais distrait, mes pensées ailleurs. Papa, nous étions si près. Je me disais qu'en quelques heures, nous le retrouverions et tout cela serait derrière nous.

Je fus tiré de mes rêveries par la vue d'une rue en pente, menant à un grand bâtiment. Mon cœur s'accéléra. C'était le bâtiment que j'avais vu dans mes rêves, j'en étais sûr ! Absorbé par cette révélation, je revoyais la porte se fermer dans mon rêve, entendant la voix de mon père parler à l'Inspecteur Ben-Salim. Je me rendis compte que Camille et Bastet avaient continué à marcher, ne remarquant pas mon arrêt.

« Bastet, Camille ! Revenez ! » criais-je. Mais le visage horrifié de Bastet me fit comprendre que j'avais commis une grave erreur. J'avais crié leurs noms devant ce qui semblait être le commissariat d'Alexandrie. Je tournai la tête et vis des hommes en uniforme de police, mais avec des tatouages de scorpions noirs sur leurs bras. L'inspecteur Ben-Salim était là, pointant dans notre direction. « Ils sont là ! Arrêtez-les ! »

« Dépêche-toi, Kevin. Traverse ! » cria Bastet. Nous nous mîmes à courir, zigzaguant à travers la foule du souk. Les policiers, entravés par la foule, peinèrent à nous suivre. Nous avions une avance précieuse.

Bastet nous guida dans une ruelle étroite, bordée d'étals de marchands. Elle s'arrêta soudain devant de grandes panières en osier. « Cachez-vous là-dedans, vite ! » dit-elle. Nous nous glissâmes à l'intérieur, refermant les couvercles juste à temps pour voir les policiers passer en courant, à la poursuite de Bastet.

Une fois le danger écarté, je chuchotai à Camille pour savoir si tout allait bien. Alors que ma sœur me répondait, le couvercle de ma cachette s'ouvrit soudainement. Je levai la tête, prêt à affronter mon « ennemi », mais je vis un jeune garçon d’environ mon âge.

— « Kevin, tout va bien ? Réponds-moi, s'il te plaît, » chuchota Camille, sa voix tremblante d'inquiétude à travers les interstices de l'osier tressé.

— « Oui, tout va bien, tu peux sortir. Du moins, je pense, » répondis-je, encore sous le choc de cette rencontre inattendue.

— « Mais qui est cet enfant, Kevin ? Pourquoi nous fixe-t-il avec tant d'intensité ? Crois-tu qu'il soit un de nos poursuivants ? »

— « Non, quelque chose me dit qu'il n'est pas de leur côté, » murmurais-je, essayant de décrypter l'aura mystérieuse qui entourait le jeune garçon.

Soudain, une voix s'éleva depuis les profondeurs du magasin, rompant le silence pesant.

— « *salam alaykoum*[1]. Je m'appelle Icham. Lui c'est mon petit frère Imad et il ne vous veut aucun mal. Nous vous avons observés fuir les agents de l'ordre corrompus et vous réfugier dans ces panières ancestrales. Il est venu vous informer que la menace est passée, pour l'instant. Mais je vous conseille de trouver un autre abri. Ils pourraient revenir et fouiller le souk. »

Je me tournai vers Imad, mes yeux rencontrant les siens.

— « Merci, » articulai-je. Imad répondit en exécutant une série de gestes avec ses mains, que je ne pus comprendre.

---

[1] salutation en arabe qui signifie « que la paix soit sur vous »

— « Imad est muet, une séquelle d'une tragédie familiale alors qu'il n'avait que trois ans. Nos parents ont été assassinés devant nous, » expliqua son frère, sa voix teintée d'une tristesse infinie.

Après un bref échange en langage des signes avec son frère, Imad me prit par la main et me guida hors de ma cachette improvisée.

« Mon frère souhaite que vous le suiviez. Il vous conduira chez nous, loin des griffes de ces policiers véreux, » déclara Icham, avant de disparaître dans sa boutique. Il en ressortit avec des tissus aux motifs étranges, comme s'ils étaient imprégnés de magie ancienne. « Mettez ces vêtements. Ils vous aideront à vous fondre dans la foule. »

Imad nous fit signe de le suivre. Nous traversâmes plusieurs ruelles étroites avant d'arriver à une petite maison en pierre. À peine fûmes-nous assis sur des coussins que le jeune garçon se mit à préparer du thé à la menthe. L'arôme envahit la pièce, apaisant nos nerfs tendus.

Je montrai le médaillon à Imad, tentant de communiquer avec lui par des gestes. Ses yeux s'illuminèrent, comme s'il avait quelque chose d'important à dire. Mais ses gestes étaient trop rapides, trop compliqués pour que je les comprenne. Frustré, il se rassit, l'air abattu.

C'est alors que sa porte s'ouvrit brusquement. C'était Icham. « La police est sur nos traces ! Quelqu'un nous a trahis ! » s'écria-t-il.

Nous n'eûmes pas le temps de poser plus de questions. Des bruits de bottes résonnèrent dans la rue. « Ils sont là, » murmura Icham. « Vite, suivez Imad ! »

Nous nous éclipsâmes par une fenêtre du premier étage, courant à en perdre haleine. Les toits d'Alexandrie défilaient sous nos pieds, chaque saut nous éloignant un peu plus du danger. Finalement, nous descendîmes dans une ruelle déserte. Imad ouvrit une bouche d'égout et nous fit signe d'y descendre.

Le bruit des pas de la police s'éloigna, mais le danger n'était pas écarté. Nous marchâmes pendant ce qui me sembla une éternité dans les égouts, guidés seulement par la faible lumière qui filtrait à travers les grilles au-dessus de nous. Lorsque nous ressortîmes enfin, le soleil commençait à se lever sur le désert. Imad nous regarda, ses yeux brillant d'une détermination silencieuse.

Nous savions que notre quête était loin d'être terminée, mais avec Imad à nos côtés, nous avions un nouvel espoir. Le médaillon autour de mon cou semblait plus lourd que jamais, mais je sentais aussi qu'il était la clé de notre salut. Nous étions prêts à affronter les dangers qui nous attendaient, pour retrouver notre père et mettre fin à cette aventure qui nous avait menés si loin de chez nous.

CHAPITRE 11. LA PYRAMIDE ET SON DESERT

Le soleil, déjà à son zénith, nous assaillait de ses rayons implacables, nous aveuglant après notre longue errance dans les égouts sombres de la ville. L'éclat soudain de la lumière nous empêchait de distinguer clairement notre environnement. Tout ce que je pouvais voir, c'était l'immensité du désert qui s'étendait devant nous, comme une frontière abrupte entre la civilisation et la solitude mortelle.

Peu à peu, mes yeux s'habituèrent à la luminosité, et je pus enfin discerner les détails des maisons qui nous entouraient. Imad, habitué à ces chemins secrets, nous prit Camille et moi par la main et nous guida vers une maison isolée au bout d'une ruelle étroite. Un jeune homme aux yeux d'un bleu presque surnaturel nous ouvrit la porte. Imad avait frappé d'une manière particulière, comme si un code secret était nécessaire pour entrer.

«*Ahlane*[2], cousin ! Bonjour, jeunes étrangers. Entrez, entrez. Je suis Shalim, le cousin d'Imad et d'Isham. Que me vaut l'honneur de ta visite, Imad ? »

Un silence s'installa, seulement rompu par les gestes expressifs d'Imad.

« Je vois. Écoutez, vous ne pouvez pas vous aventurer dans le désert en plein jour. Surtout si vous êtes poursuivis. La police pourrait lancer une recherche aérienne, et vous seriez vite repérés. Vous partirez ce soir, à la tombée de la nuit. Je vais parler à mon père pour vous trouver des chameaux. Reposez-vous en attendant, vous devez être épuisés. »

Étendu sur des coussins aux teintes chaudes de rouge, d'or et d'orange, je me trouvais incapable de fermer l'œil. Camille, elle, avait succombé à l'épuisement et dormait profondément à mes côtés. Mon regard se perdait dans les motifs complexes du plafond, une architecture si différente de celle que je connaissais à Paris. Je comprenais l'enthousiasme de mon père pour ces cultures lointaines. Ah, papa... Où étais-tu en ce moment ? Que faisais-tu ?

Soudain, un bruit sourd me tira de mes pensées. C'était le son d'une clé tournant dans une serrure. Shalim entra silencieusement dans la pièce. Je lui fis signe qu'il pouvait s'approcher, indiquant que je n'étais pas endormi.

---

[2] «Salut» en arabe.

— « Tu n'arrives pas à dormir, mon ami ? » me demanda-t-il, sa voix douce trahissant une pointe d'inquiétude.

— « Non, trop de questions me taraudent l'esprit. Mon père me manque, et cette aventure a déjà coûté la vie à trop de personnes. »

— « Je comprends, par Allah. Imad a été profondément marqué par la disparition de ses parents. »

— « Que s'est-il passé ? »

— « Ils ont été capturés par les hommes de Tomenos et exécutés chez eux, sous les yeux d'Imad qui s'était caché dans un meuble. Depuis ce jour, il a perdu l'usage de la parole. Le choc, sans doute. »

— « Et pourquoi ont-ils été tués ? »

— « Ils ont... aidé ton père. »

— « Leurs parents connaissaient mon père ? »

— « Oui, depuis des années. Leur père a travaillé pour le tien lors des fouilles archéologiques. Ton père et lui étaient devenus amis. Ils croyaient tous deux en la quête du médaillon que tu portes aujourd'hui. Tomenos, voulant s'emparer du trésor, a fait tuer mon oncle et ma tante parce qu'ils refusaient de trahir ton père. »

— « Tu veux dire que c'est à cause de mon père que leurs parents sont morts et qu'Imad a perdu la voix ? » demandai-je, la culpabilité s'insinuant dans ma voix.

— « Non, ne dis pas ça, jeune étranger. Ils avaient leurs convictions et ils les ont suivies jusqu'au bout. Le médaillon que tu portes a une valeur inestimable, non pas en termes matériels, mais pour l'humanité toute entière. Entre de mauvaises mains, il pourrait plonger le monde dans une nuit éternelle, sous le joug d'un tyran assoiffé de pouvoir et d'immortalité. »

Je restai silencieux, absorbant la gravité de ses mots. « Je ne savais pas que ce médaillon était aussi important. Bastet ne m'en avait pas parlé de cette manière. »

À ce moment-là, la porte s'ouvrit brusquement et Imad entra, essoufflé. Shalim se tourna vers lui, « Où étais-tu, mon cousin ? »

Imad, fatigué mais déterminé, communiqua avec ses mains. Shalim traduisit : « Il est allé voir son frère à la maison. Isham a été arrêté par la police. Ils sont à votre recherche, prétendant que le médaillon appartient à l'État et que votre père l'aurait volé. Nous devons partir immédiatement. »

Nous n'avions pas une seconde à perdre. Les chameaux étaient déjà prêts dans le jardin, sellés et harnachés pour le voyage. Camille, qui venait de se réveiller, semblait encore à moitié endormie, mais l'urgence de la situation la réveilla complètement.

« Bon voyage, mes amis. Imad vous accompagnera. Ne vous inquiétez pas pour Isham, je vais m'occuper de le faire sortir de prison, » nous assura Shalim.

Nous montâmes sur les chameaux et partîmes, guidés par Imad. La nuit tombait, apportant avec elle un froid glacial qui contrastait avec la chaleur accablante du jour. Après quelques heures, une lueur apparut au loin. Imad prit les devants, nous menant vers ce qui semblait être une oasis déjà occupée.

L'accueil n'était pas chaleureux. Les occupants, un vendeur de chameaux et ses hommes, nous observaient avec méfiance. Nous trouvâmes finalement un endroit isolé pour monter notre tente. Une fois à l'intérieur, Camille me chuchota, « Kevin, tu crois qu'ils sont à notre recherche ? Peut-être que ce sont des hommes du gang des scorpions noirs ? »

« Non, je ne pense pas. S'ils étaient là pour nous, ils nous auraient déjà arrêtés. Essayons de dormir un peu, » répondis-je, bien que l'inquiétude me rongeât.

En pleine nuit, des voix me tirèrent de mon sommeil. J'entrouvris la tente pour observer le marchand de chameaux en discussion avec une silhouette sombre. Soudain, les chameaux s'agitèrent, et la silhouette disparut comme par magie. Le marchand se retourna et sembla fixer notre tente. Avait-il remarqué que je l'observais ?

Je me glissai hors de la tente, le cœur battant, pour enquêter. Mais je ne trouvai rien. En revenant, je remarquai que la porte de la tente était entrouverte. Avais-je oublié de la fermer ? Je rentrai et me glissai dans mon sac de couchage, quand soudain, je sentis une piqûre sur ma jambe. Un scorpion ! Avant de sombrer dans l'inconscience, je vis le médaillon autour de mon cou briller d'une lumière intense.

Tout à coup, je me retrouvai dans un désert immense, le sable tourbillonnant autour de moi comme dans une tempête. Des coups de feu retentissaient au loin. Puis, je me vis galopant sur un chameau, comme si je fuyais des mercenaires. Camille était là aussi, sur son propre chameau. C'était un de ces rêves étranges induits par le médaillon. Je me laissai emporter par la vision, cherchant à comprendre son message.

Je me réveillai en sursaut, la lumière du jour inondant la tente. Mes yeux mirent quelques secondes à s'ajuster, mais je reconnus rapidement Bastet, penchée sur ma jambe où la piqûre du scorpion avait laissé une marque rougeâtre.

— « Tu es vivant, Kevin, » s'exclama Camille, accourant vers moi, les yeux remplis de soulagement et d'inquiétude. « Nous avons eu si peur. Bastet est arrivée juste à temps et a utilisé sa magie pour neutraliser le venin du scorpion. »

Je regardai Bastet, cherchant des réponses. « Comment ce scorpion a-t-il pu entrer dans mon sac de couchage ? »

Bastet fronça les sourcils, son regard devenant plus sombre.

— « Je crains que ce ne soit pas un accident. Le marchand de chameaux qui nous a accueillis à l'oasis était sous l'emprise d'une ombre maléfique. Il a dû placer le scorpion dans ton sac de couchage pour t'éliminer. »

— Un frisson me parcourut. « Tu veux dire qu'il était contrôlé par cette ombre que j'ai vue hier soir ? »

— « Exactement, » confirma Bastet. « Cette ombre est une manifestation du pouvoir de Tomenos. Ils sont déterminés à mettre la main sur le médaillon et ne reculeront devant rien pour l'obtenir. »

— « Nous devons partir, et vite, » interrompit Bastet, son regard balayant la tente comme si elle s'attendait à voir surgir des ennemis à tout moment. « Imad, commence à démonter la tente. Nous devons nous mettre en route immédiatement. Le gang des Scorpions est plus proche que nous le pensions, et nous ne sommes plus en sécurité ici. »

Le sens de l'urgence dans sa voix nous fit tous réagir. Imad se mit rapidement au travail, démontant la tente avec une efficacité silencieuse, tandis que Camille et moi rassemblions nos affaires. Chaque seconde comptait, et nous savions que notre survie dépendait de notre rapidité à quitter cet endroit.

Après deux heures de marche à dos de chameau, nous nous arrêtâmes pour faire une pause. L'air était lourd, la chaleur accablante. Bastet nous conseilla de boire quelques gorgées d'eau, mais de garder des réserves. Je m'éloignai du groupe, contournant une dune de sable, et là, je la vis : une pyramide se dressait au loin.

« Une pyramide ! C'est une pyramide ! Bastet !!!!! » hurlai-je, le souffle court, en revenant vers mes amis. Mes pieds s'enfonçaient dans le sable chaud, chaque pas augmentant mon impatience.

Mais avant que je puisse terminer ma phrase, un bruit assourdissant déchira l'air. Des coups de fusil ! Les balles sifflèrent autour de nous, frôlant les oreilles de nos chameaux. Une balle perça même la gourde qu'Imad tenait, répandant son précieux contenu dans le sable.

« Vite, remontez sur vos chameaux ! Ils nous ont retrouvés ! » s'écria Bastet, sa voix trahissant une urgence mortelle.

Nous nous hissâmes sur nos montures aussi vite que possible. Bastet sauta derrière moi sur mon chameau, ses yeux brillant d'une lueur sauvage. « Tiens-toi bien, Kevin, » dit-elle, ses yeux se métamorphosant, prenant une teinte dorée sauvage. Avant que je puisse comprendre ce qui se passait, elle se transforma en un guépard majestueux, ses taches noires contrastant avec le sable doré du désert. Elle bondit du chameau avec une agilité surnaturelle, atterrissant sur ses pattes puissantes. Puis elle s'élança, courant à une vitesse incroyable, ses griffes acérées soulevant des nuages de sable derrière elle, créant une traînée de poussière qui s'étirait comme une ombre à nos côtés.

Alors que nous galopions vers la pyramide, le vent du désert fouettant nos visages, Bastet, sous sa forme de guépard, se retourna brusquement. Ses yeux dorés fixèrent les véhicules de nos poursuivants qui se rapprochaient dangereusement. Elle ouvrit la gueule et rugit, un son si puissant qu'il semblait faire trembler le sol sous nos pieds. À cet instant, le médaillon autour de mon cou se mit à briller, comme en réponse à son appel.

Un mur de sable s'éleva comme par magie, formant une tempête de sable tourbillonnante qui engloutit nos poursuivants. Le vent hurlait, les grains de sable frappant comme des milliers de petites aiguilles. On entendait leurs cris étouffés, des sons de confusion et de peur, et le bruit sourd de leurs véhicules pris au piège dans cette prison naturelle. Les phares de leurs voitures disparaissaient un à un, engloutis par la tempête que Bastet avait invoquée.

Mais elle n'en avait pas fini. Se transformant à nouveau, cette fois en un faucon majestueux, elle prit son envol, ses ailes puissantes la propulsant haut dans le ciel. De là-haut, elle pouvait surveiller nos mouvements et ceux de nos ennemis. Elle poussa un cri perçant, un signal clair que la voie était libre pour le moment, mais qu'il ne fallait pas baisser notre garde.

En un éclair, elle redescendit du ciel et reprit sa forme de chatte, ses yeux reprenant leur teinte féline verte mais gardant une lueur de la bête sauvage qu'elle venait d'être. Elle atterrit gracieusement à côté de nous, son pelage se fondant dans les couleurs du désert, pour reprendre sa couleur noire. « Nous avons un peu de temps, mais pas beaucoup, » miaula-t-elle, ses yeux scrutant l'horizon comme si elle pouvait voir au-delà des dunes et des mirages. « Continuons, » ajouta-t-elle, sa queue frémissante d'anticipation, toujours prête pour le prochain défi qui se présenterait à nous.

Je hochai la tête, le cœur lourd mais déterminé. Nous avions échappé de justesse à la mort, et chaque seconde comptait. Le médaillon autour de mon cou semblait plus lourd que jamais, comme s'il portait en lui le poids de notre quête et le fardeau des vies qui avaient été perdues à cause de lui.

CHAPITRE 12. LA FOI EN L'AMITIE

Nous arrivâmes enfin à la pyramide, le souffle court mais soulagés. C'était le lieu de fouilles où mon père avait travaillé. Des outils, des carnets et des fragments de poterie étaient éparpillés partout, comme si le site avait été abandonné dans la précipitation. Mais de mon père, il n'y avait aucune trace.

« Cherchons des indices, » dis-je, mes yeux rencontrant ceux de Bastet. « Nous ne pouvons pas échouer. Pas maintenant. »

Et avec cette résolution brûlante dans nos cœurs, nous nous mîmes à fouiller le site, conscients que chaque grain de sable pouvait cacher un indice crucial pour retrouver mon père et sauver le monde.

« Nous passerons la nuit ici, » déclara Bastet, «et demain, nous chercherons le passage secret qui mène à l'autre partie du médaillon. »

La nuit dans la pyramide fut inquiétante mais fascinante. Les ombres des hiéroglyphes dansaient sur les murs, comme si elles voulaient nous raconter les secrets millénaires de ce lieu. Camille s'était endormie, épuisée par notre périple, tandis qu'Imad et moi restions éveillés, scrutant chaque recoin de la pyramide à la lumière de nos lampes torches.

« Tu crois que nous allons trouver ce passage secret ? » me chuchota Imad en langage des signes, que j'avais commencé à comprendre, surement grâce à l'amulette.

« Je l'espère, » répondis-je, « sinon tout ceci serait en vain. »

Au petit matin, les premiers rayons du soleil se frayèrent un chemin à travers les interstices de la pyramide, créant des ombres mouvantes sur les murs de pierre. Bastet, sous sa forme de petite chatte, revint vers nous, ses yeux verts brillant d'une lueur inquiétante.

« J'ai senti une présence pendant la nuit. Nous ne sommes pas seuls, » nous avertit-elle, sa queue frémissante.

Un frisson me parcourut. Nous étions déjà sur nos gardes, mais cette nouvelle nous fit redoubler de prudence. Nous reprîmes nos recherches, scrutant chaque recoin, chaque inscription, chaque pierre. Les heures s'écoulèrent, lourdes et silencieuses, seulement interrompues par le bruit de nos pas sur le sol de pierre et le lointain grondement d'une tempête de sable à l'extérieur.

Je commençais à perdre espoir, à me demander si nous étions dans une impasse, quand mes doigts effleurèrent une pierre qui semblait différente. Elle était légèrement enfoncée par rapport aux autres, et sa texture était plus rugueuse. Intrigué, je la pressai doucement. Rien ne se passa. Je regardai Bastet, qui me fixait intensément, comme si elle attendait quelque chose.

« Essaie encore, Kevin. Concentre-toi, » murmura-t-elle.

Je pris une profonde inspiration, posai ma main sur la pierre et la pressai avec plus de force cette fois. Un grincement sourd résonna, suivi d'un cliquetis métallique. Le mur devant nous trembla légèrement, puis un pan entier se déplaça, révélant ce que nous cherchions. La poussière et le sable s'échappèrent du nouvel espace, comme si celui-ci n'avait pas été ouvert depuis des siècles.

« Par les dieux, tu l'as trouvé, Kevin ! » s'exclama Bastet, sa voix emplie d'une joie mêlée d'appréhension. « Mais restons prudents. Ce passage n'a pas été ouvert depuis longtemps, mais je crains que nous ne soyons pas les seuls à chercher son emplacement. »

Je hochai la tête, conscient de l'ampleur de notre découverte, mais aussi des dangers qui pouvaient encore nous attendre. Le passage secret devant nous semblait s'étendre à l'infini, plongeant dans les profondeurs de la pyramide, et peut-être même, dans les profondeurs de l'histoire elle-même. Nous pénétrâmes dans le passage, nos lampes éclairant un tunnel sombre et étroit. Des inscriptions couvraient les murs, et Bastet les traduisit rapidement.

« Ce sont des avertissements, » dit Bastet, ses yeux scrutant les hiéroglyphes gravés sur les murs du passage secret. « Ce tunnel mène à la chambre du médaillon, mais il est gardé par des pièges et des énigmes. Nous devons être extrêmement prudents. »

Nous avançâmes lentement dans le tunnel, nos pas résonnant sur les dalles de pierre. L'air était lourd, chargé d'une histoire ancienne et mystérieuse. Les murs étaient ornés de fresques dépeignant des scènes de la mythologie égyptienne, des dieux et des déesses aux côtés de pharaons et de reines. Chaque image semblait nous observer, comme si elles étaient les gardiens silencieux de ce lieu sacré.

Nous nous tenions devant une grande porte de pierre, gravée de symboles énigmatiques et de hiéroglyphes. Au-dessus, il y avait un œil de graver. Au centre de l'œil, une inscription que Bastet traduisit rapidement : « Seul celui qui parle sans voix pourra ouvrir la voie. »

« Je n'aime pas ça, » murmura Camille, se serrant contre moi.

Nous passions la porte et arrivions devant un pont suspendu qui semblait flotter dans un vide abyssal. De l'autre côté du pont, une porte en pierre massivement ornée attendait, fermée. Au milieu du pont, une plateforme ronde soutenait une colonne sur laquelle était incrusté un grand œil humain.

— « Ce doit être l'énigme des autres sens, » murmura Bastet, scrutant l'œil sur la colonne. « Seul quelqu'un qui ne parle pas peut résoudre cette énigme. »

— « Ça doit être toi, Imad, » dit Camille, ses yeux se posant sur notre ami qui n'avait pas la parole. Imad hocha la tête, semblant comprendre l'importance de la tâche qui lui était confiée.

Imad s'avança, son visage grave. Il se tenait devant l'œil, qui s'ouvrit soudainement, comme s'il venait de se réveiller.

Il étudia attentivement les symboles au pied de la colonne. Ses doigts effleuraient les gravures, comme s'il cherchait à en comprendre la texture, la forme, le sens caché. Il semblait en transe, complètement absorbé par le défi qui se présentait à lui. Ses mains commencèrent à bouger dans l'air, dessinant des formes complexes que seul lui pouvait comprendre. Avec une concentration intense, Imad engagea une sorte de dialogue silencieux avec l'œil. Chaque geste semblait poser une question ou donner une réponse, créant une interaction mystérieuse entre lui et l'œil incrusté dans la colonne.

Après plusieurs minutes, Imad s'arrêta. Il se tourna vers nous et fit un signe de la main, comme pour nous dire de nous préparer. Puis, il posa sa main sur l'inscription centrale et ferma les yeux. Un silence pesant s'installa, interrompu seulement par le grincement de la pierre qui commença à bouger.

La porte de l'autre côté du pont s'ouvrit lentement, révélant un passage sombre. Imad ouvrit les yeux et nous fit signe d'avancer. Mais avant de nous rejoindre, il se tourna vers la porte une dernière fois. Ses mains dessinèrent quelques derniers signes dans l'air, comme pour remercier cette ancienne énigme de lui avoir permis de prouver sa valeur. Mais l'œil prit alors un air apeuré. « Vite, traversez ! » cria Imad en signes, nous incitant à courir.

Nous nous précipitâmes sur le pont. À peine avions-nous atteint la moitié du chemin que les dalles derrière nous commencèrent à tomber dans le vide, une à une, dans un bruit sourd et terrifiant.

« Courrez ! Ne vous arrêtez pas ! » hurla Camille.

Bastet, sous sa forme de chat, bondit agilement d'une dalle à l'autre, tandis que Camille et moi courions aussi vite que nous le pouvions. Les dalles continuaient de tomber derrière nous, s'approchant dangereusement.

Alors que nous franchîmes le seuil de la porte, nous nous retournâmes juste à temps pour voir Imad faire un dernier signe d'adieu avant que la dernière dalle ne tombe, emportant la plateforme et la colonne avec elle dans l'obscurité du vide.

— « Imad... » hurla Camille, les larmes aux yeux.

— « Nous devons continuer, » dit Bastet, sa voix tremblante. « Pour Imad, et pour tous ceux qui ont sacrifié pour nous. »

Nous nous tenions là, le cœur lourd, mais conscients que le sacrifice d'Imad serait vain si nous n'allions pas de l'avant. Et devant nous, une autre épreuve nous attendait, une épreuve qui semblait encore plus redoutable que la première.

Nous avançâmes dans le tunnel sombre, nos pas résonnant sur les dalles de pierre. Après quelques minutes, nous arrivâmes dans une vaste salle souterraine. Des sarcophages alignés le long des murs semblaient nous observer, leurs visages sculptés figés dans des expressions éternelles.

« Je n'aime pas ça, » murmura Camille, se serrant contre moi.

Soudain, un bruit sourd retentit, et les couvercles des sarcophages commencèrent à se soulever. Des momies enroulées de bandelettes émergèrent, leurs yeux brillant d'une lueur maléfique.

« Par les dieux, c'est une armée de momies ! » s'écria Bastet. « Tenez-vous derrière moi ! »

Sans attendre notre réponse, Bastet se transforma en un ours gigantesque, ses griffes prêtes à déchirer tout ce qui se mettrait en travers de son chemin. Elle rugit, un son si puissant que les murs de la pyramide semblèrent trembler.

Les momies avancèrent, leurs mouvements saccadés mais déterminés. Bastet bondit alors vers la première, la frappant avec une force brutale qui la réduisit en poussière. Mais d'autres la remplacèrent aussitôt, se rapprochant de plus en plus.

Bastet se battait avec une fureur sauvage, détruisant une momie après l'autre. Mais elles étaient trop nombreuses, et je pouvais voir que même sa force surhumaine commençait à faiblir.

— « Allez, continuez sans moi ! » rugit-elle, repoussant une autre vague de momies. « Je vais les retenir aussi longtemps que possible ! »

— « Non, Bastet, nous ne pouvons pas te laisser ! » criai-je.

— « Vous devez continuer, c'est votre destin ! » Avec un dernier rugissement, Bastet déclencha une puissante onde de choc magique qui repoussa les momies et fit trembler la salle entière. Puis, elle se concentra un instant et un mur de pierre surgit derrière nous, scellant la sortie de la salle. « Allez, maintenant ! »

Le sol se mit à trembler violemment, les murs de la pyramide grondant comme si la structure entière était en colère. « Les éboulements ! C'est à cause du sort de Bastet ! Vite, courons ! » criai-je.

Nous nous précipitâmes dans le tunnel suivant, des pierres tombant tout autour de nous. Le chemin était étroit et sinueux, et il faisait si sombre que nous pouvions à peine voir où nous allions.

« Prends le médaillon, Camille. Il peut nous éclairer, » dis-je en lui tendant l'objet précieux.

Elle le prit et le médaillon se mit à briller d'une lumière douce mais suffisamment puissante pour éclairer notre chemin. Nous courions aussi vite que possible, mais les pierres continuaient de tomber, certaines frôlant dangereusement nos têtes.

Finalement, nous arrivâmes à un goulot d'étranglement dans le tunnel. Le chemin était trop étroit pour que Camille puisse passer. Derrière nous, des énormes rochers se détachèrent du plafond, menaçant de nous écraser.

Je me retrouvai face à Camille, les yeux plongés dans les siens. Ils étaient emplis d'une détermination et d'une bravoure qui me coupèrent le souffle. « Vite, Kevin, avance ! Je ne vais pas tenir longtemps ! » cria-t-elle, ses mains levées vers le ciel comme pour invoquer une puissance divine. Le médaillon dans ses mains émit une lumière si intense qu'elle en devint presque insoutenable. Les pierres massives qui menaçaient de nous écraser se figèrent dans les airs, comme suspendues dans le temps.

— « Camille, je ne peux pas te laisser, » dis-je, la voix tremblante, les larmes coulant librement sur mes joues. Chaque mot était un déchirement, chaque seconde une éternité.

— « Tu dois le faire, Kevin. Pour papa, pour nous, pour le monde, » répondit-elle, les yeux brillants de larmes non versées. « Je t'aime, et c'est parce que je t'aime que tu dois continuer. Prends le médaillon. Sauve-nous. »

Avant que je puisse protester, elle me poussa avec une force surprenante dans la crevasse étroite devant moi. Dans le même mouvement, elle lança le médaillon en l'air. Je l'attrapai au vol, mes doigts se refermant autour de l'objet comme si ma vie en dépendait. Et peut-être était-ce le cas.

Un grondement sourd retentit, et les éboulis refermèrent la crevasse derrière moi. Je me retrouvai seul dans l'obscurité, le médaillon serré dans ma main, le cœur lourd de chagrin, de culpabilité et d'une solitude insoutenable. Étaient-ils tous morts à cause de moi ? Le poids de cette pensée était presque aussi écrasant que les pierres qui avaient failli nous tuer.

Je m'effondrai sur mes genoux, le médaillon toujours dans ma main, et laissai échapper un cri de désespoir qui résonna dans le tunnel sombre. Mais même dans cette obscurité, le médaillon brillait, comme un faible espoir dans la nuit la plus noire. Et c'est cet espoir qui me poussa à me relever et à continuer, parce que je savais que c'était ce qu'ils auraient voulu. C'était ce que je devais faire. Pour eux. Pour nous. Pour tout le monde.

Je ne savais pas ce qui m'attendait, mais une chose était sûre : je ne les laisserais pas tomber. Leur sacrifice ne serait pas vain.

CHAPITRE 13. LA CHAMBRE DES VENTS CELESTES

Je me tenais là, seul dans la pénombre, le médaillon dans ma main. Le silence était assourdissant, et chaque battement de mon cœur résonnait comme un tambour dans ma poitrine. La poussière dans l'air semblait suspendue dans le temps, comme si le monde entier retenait son souffle avec moi. Je ne pouvais pas croire que j'étais le dernier debout, que tous ceux que j'aimais avaient disparu. Mais je n'avais pas le temps de m'apitoyer sur mon sort. Je devais résoudre cette ultime énigme pour récupérer la seconde partie de l'amulette et, je l'espérais, retrouver tout le monde.

Devant moi se dressait une immense fresque murale, représentant un ciel étoilé avec des constellations étranges. Au centre, un oiseau majestueux, peut-être un faucon, semblait voler vers une étoile brillante. Le vent, représenté par des lignes ondulées, l'entourait, comme pour le guider. Les couleurs de la fresque étaient si vives qu'elles semblaient presque réelles, comme si l'artiste avait capturé un fragment du ciel nocturne et l'avait enfermé dans la pierre.

Je me rappelai alors les paroles de mon père dans une de ses lettres : « Le vent est l'élément qui guide, qui apporte des messages et qui peut être aussi imprévisible que puissant. » Ce souvenir me ramena à un été passé avec lui, avant qu'il ne parte pour l'Égypte. Nous étions sur la côte, et il m'avait emmené faire du cerf-volant. Le vent était capricieux ce jour-là, tantôt faible, tantôt fort, mais mon père m'avait appris à le comprendre, à sentir ses variations et à ajuster le cerf-volant en conséquence.

« Tu vois, Kevin, » m'avait-il dit, les yeux plissés contre le soleil couchant, « le vent est comme la vie. Il a ses hauts et ses bas, ses moments de calme et ses tempêtes. Mais si tu apprends à le naviguer, à travailler avec lui plutôt que contre lui, il peut t'emmener vers des hauteurs insoupçonnées. »

Je me souviens avoir regardé le cerf-volant danser dans le ciel, porté par des courants invisibles, et avoir ressenti une sorte de compréhension profonde. Mon père avait raison. Le vent, cet élément insaisissable et omniprésent, avait tant à nous enseigner. Et maintenant, debout dans cette salle ancienne, face à une énigme qui semblait insurmontable, je compris que le vent serait mon guide, tout comme il l'avait été pour mon père.

Je pris une grande inspiration et soufflai doucement sur la fresque. Rien ne se passa. J'étais sur le point de perdre espoir quand je remarquai que le médaillon dans ma main commençait à vibrer. Je le levai et le plaçai près de ma bouche, puis je soufflai à nouveau, cette fois en direction du médaillon. Les vibrations du médaillon se transformèrent en une mélodie silencieuse, comme si les anciens dieux eux-mêmes chantaient à travers lui.

Le mur trembla, les constellations s'illuminèrent une à une, et l'oiseau prit vie, ses ailes se déployant majestueusement. Un vent puissant se leva dans la pièce, si fort que je dus me cramponner à une colonne pour ne pas être emporté. Le vent formait un tourbillon autour de l'oiseau, qui s'éleva et se dirigea vers l'étoile brillante. À ce moment, un pan du mur s'ouvrit, révélant un passage secret. Le grondement de la pierre qui bougeait était assourdissant, comme si la pyramide elle-même se réveillait d'un long sommeil.

Je m'engageai dans le passage, le cœur battant. Je savais que ce n'était que le début. Des pièges mortels, des énigmes complexes et peut-être même des créatures surnaturelles m'attendaient. Mais je n'avais pas le choix. Je devais avancer, pour mon père, pour Camille, pour Imad, pour Bastet, et pour moi-même.

Je m'avançai dans le passage secret, mes pas résonnant sur les dalles de pierre. Le médaillon brillait d'une lumière douce, éclairant mon chemin. Je sentais l'air devenir plus frais, plus vif, comme si je me rapprochais de quelque chose de puissant. Les murs étaient ornés de hiéroglyphes anciens, racontant peut-être l'histoire de ce lieu sacré ou les légendes des dieux du vent. Chaque pas que je faisais semblait écho à des siècles d'histoire et de mystère.

Soudain, je débouchai dans une immense salle circulaire. Au centre trônait un autel en pierre, sur lequel reposait la seconde partie de l'amulette. Mais entre moi et l'autel, un obstacle de taille : un gouffre immense, sans fin apparent, séparé par des colonnes de pierre espacées les unes des autres. Chaque colonne était surmontée d'une statue d'oiseau, semblable à celle de la fresque.

Je compris alors que je devais utiliser les courants d'air pour me propulser d'une colonne à l'autre. Je pris une grande inspiration, levai le médaillon et me concentrai. Un courant d'air puissant se leva, enveloppant mon corps. Je pris mon élan et sautai.

Le vent me porta, et je me retrouvai sur la première colonne, le médaillon brillant à mon cou. Les statues d'oiseaux autour de moi s'animèrent soudainement, leurs pierres se craquelant et se transformant en plumes. Avec un battement d'ailes synchronisé, ils s'envolèrent, tourbillonnant autour de moi en un vortex de plumes et de griffes.

Le vent créé par leurs ailes était puissant, presque suffisant pour me faire perdre l'équilibre. Je me cramponnai à la colonne, mes doigts glissant sur la pierre lisse. Les oiseaux piaillaient et croassaient, comme s'ils chantaient une mélodie ancienne, une chanson de chaos destinée à me faire chuter dans l'abîme sans fin en dessous.

Je ne savais pas quoi faire. C'est alors que je sentis une connexion télépathique s'établir entre Bastet et moi. « Kevin, utilise cette incantation, » me souffla-t-elle dans mon esprit. Je répétai les mots qu'elle m'avait donnés, et le médaillon émit une lumière si intense qu'elle éclaira toute la salle. Les oiseaux se figèrent dans les airs, comme capturés dans une photographie.

Je ne perdis pas de temps. Je me concentrai à nouveau, invoquant un courant d'air puissant. Le vent se leva, enveloppant mon corps dans une bourrasque contrôlée. Je pris mon élan et sautai, le vent me portant vers la deuxième colonne. Je me réceptionnai avec un soupir de soulagement, mais je savais que je n'étais pas encore en sécurité.

Les oiseaux, libérés de leur stase, reprirent leur vol, encore plus furieux qu'avant. Cette fois, ils n'étaient pas seuls. De leurs becs, ils lâchaient des pierres tranchantes, visant ma tête et mes épaules. Je me baissai et esquivai, sentant les pierres frôler mes cheveux.

Je n'avais plus le temps pour une autre incantation. Je devais faire le dernier saut. Je pris une grande inspiration, sentant le vent se rassembler autour de moi. Avec un cri de défi, je sautai.

Le vent hurlait dans mes oreilles, les oiseaux piaillaient furieusement, mais je ne les entendais plus. Tout ce que je sentais, c'était le médaillon contre ma poitrine et le vent sous mes pieds, me portant vers la dernière colonne, vers la seconde partie de l'amulette, vers la fin de cette aventure terrifiante.

Je me réceptionnai sur l'autel, mes jambes tremblantes mais solides. Devant moi se trouvait la seconde partie de l'amulette. Je la pris et la joignis à la première. Une énergie incroyable jaillit du médaillon, illuminant toute la salle d'une lumière dorée. Je sentis le vent se lever autour de moi, mais ce n'était pas un vent ordinaire. C'était comme si l'air lui-même était chargé d'une puissance ancienne et divine. Les murs de la salle se mirent à vibrer, comme si la structure entière était en harmonie avec le médaillon.

Les oiseaux, qui s'étaient regroupés pour une dernière attaque, s'arrêtèrent net dans les airs, comme s'ils étaient hypnotisés par la lumière. Puis, avec un cri, je libérai le pouvoir du médaillon. Les vents célestes jaillirent en une tornade lumineuse, engloutissant les oiseaux dans un tourbillon d'énergie pure. Ils disparurent dans un éclat de lumière, laissant derrière eux un calme surnaturel. Le vent retomba doucement, et je sentis une paix profonde m'envahir. Le médaillon avait révélé son véritable pouvoir, et j'avais la sensation que ce n'était que le début. Les murs de la salle se mirent à briller, comme si la pierre elle-même était imprégnée de cette énergie divine.

La salle commença à se transformer. Le vent et les tornades disparurent comme si elles n'avaient jamais existé. Des plateformes surgirent des profondeurs, se rejoignant pour former un sol complet. La porte par laquelle j'étais entré, et qui s'était refermée derrière moi, s'ouvrit soudainement. Mon cœur s'accéléra à la vue des silhouettes qui se dessinaient dans l'ouverture.

Étaient-ce vraiment Camille, Imad et Bastet qui entraient dans la salle ? Je clignai des yeux, à peine capable de croire ce que je voyais. Ils avançaient vers moi, leurs visages éclairés par la lumière apaisante qui émanait du médaillon au centre de la salle.

« Kévin ! Tu vas bien ? » s'exclama Camille en courant vers moi pour m'enlacer.

Je la serrai fort dans mes bras, les larmes aux yeux. « Je n'ai jamais été aussi heureux de vous voir, » dis-je, ma voix tremblante d'émotion.

Bastet s'approcha, son pelage brillant dans la lumière. « Nous avons beaucoup à faire, mais pour l'instant, réjouissons-nous de ce moment de réunion. »

Je regardai mes amis, et pour la première fois depuis longtemps, je me sentis entier. Nous étions réunis, et ensemble, nous étions forts. Le médaillon au centre de la salle semblait briller encore plus fort, comme pour célébrer notre retrouvaille.

CHAPITRE 14. LA DELIVRANCE

« Comment avez-vous survécu ? » demandai-je, encore sous le choc de les voir tous là, sains et saufs.

Imad commença à signer, mais je sentis une énergie étrange monter en moi. Le médaillon autour de mon cou se mit à briller. Je levai la main, prononçai une incantation que je ne comprenais pas moi-même, et une lumière dorée enveloppa Imad.

— « Je... je peux parler, » dit-il, sa voix tremblante d'émotion.

— Bastet sourit. « C'est le pouvoir de la réincarnation. Kevin, tu es la réincarnation du prince égyptien pour qui ce médaillon a été créé. Tu as le pouvoir de débloquer ses véritables capacités. »

— « En fait, » dit une voix derrière nous, « vous pouvez nous remercier. » Le capitaine et Lou sortirent de l'ombre, un sourire satisfait sur leurs visages.

— « Vous êtes ici ? » m'écriai-je.

— « Oui, » dit Lou. « Nous avons suivi vos traces et avons pu sauver Imad, puis Camille et Bastet. Nous avons formé une petite équipe de sauvetage. »

Imad prit une grande inspiration.

— « Après être tombé dans l'eau, j'ai été emporté par des courants tumultueux. Je pensais que c'était la fin, mais alors, une lumière est apparue. C'était Lou et le Capitaine Ahmed. Ils m'ont aidé à sortir de l'eau et m'ont guidé jusqu'à la salle des éboulements. J'étais épuisé, mais leur présence m'a redonné de l'énergie. »

Bastet enchaîna : « Après que vous m'avez laissée dans la salle des momies, j'ai pensé que tout était perdu. Mais alors, les portes se sont ouvertes et Lou et le Capitaine sont entrés, leurs épées à la main. Ils ont déchiqueté les momies une par une, me permettant de me libérer. J'ai utilisé mes dernières forces pour rejoindre Imad et aider à sauver Camille. »

Enfin, Camille ajouta : « Quand la grande pierre est tombée du plafond, j'ai utilisé la magie du médaillon pour te pousser, Kevin. Mais alors, une autre pierre est tombée, menaçant de m'écraser. C'est à ce moment qu'Imad et Bastet sont arrivés. Imad a sauté et m'a poussée hors de la trajectoire de la pierre, tandis que Bastet utilisait ses dernières forces pour stabiliser la situation. »

— « Nous avons tous eu notre part de miracles, » conclut Imad. « Et nous avons tous joué un rôle dans notre survie. »

— Je les regardai, ému. « Je ne sais pas quoi dire, à part... merci. Vous avez risqué vos vies pour moi. »

— « Nous sommes une équipe, Kevin, » dit Camille en me prenant dans ses bras. « Maintenant, trouvons notre père. »

Nous n'avions pas le temps de célébrer davantage. Des bruits de pas résonnèrent dans le tunnel derrière nous. Le gang des Scorpions Noirs apparut, menaçant.

« Préparez-vous ! Ils arrivent ! » cria le capitaine Ahmed, dégainant son épée avec une détermination farouche. Son visage était tendu, mais ses yeux brillaient d'une lueur de combat. Lou, à ses côtés, brandit la sienne, un sourire féroce aux lèvres, ses muscles tendus comme des cordes d'arc.

Les hommes du gang des Scorpions Noirs surgirent de l'obscurité, armés jusqu'aux dents et hurlant comme des bêtes sauvages. Juste au moment où nous pensions que le combat allait commencer, les Scorpions Noirs firent une pause. Ils écartèrent leurs rangs pour laisser passer une silhouette familière, mais enchaînée : notre père. Ses yeux étaient fatigués, mais lorsqu'il nous vit, une étincelle d'espoir y brilla.

« Vous voulez votre père en vie ? Donnez-nous le médaillon ! » rugit Tomenos, le chef des Scorpions Noirs, brandissant une dague effilée près du cou de notre père.

Bastet s'avança, son pelage brillant même dans la pénombre du tunnel. « Tomenos, tu sais aussi bien que moi que le médaillon ne doit pas tomber entre de mauvaises mains. Son pouvoir est trop grand, même pour toi. »

« Alors, il mourra, » cracha Tomenos, son visage se tordant en une grimace cruelle.

« Non, » répliqua Bastet, ses yeux devenant des flammes d'or. « Si tu penses que nous allons te le donner facilement, tu te trompes. Nous allons te stopper ici et maintenant. Prépare-toi à affronter la fureur d'âmes que tu ne pourras jamais asservir. »

Un frisson parcourut la salle. Nous savions que les paroles de Bastet n'étaient pas prises à la légère. Le temps des négociations était terminé ; le temps du combat avait commencé.

Le combat s'engagea dans un tourbillon de lames et de cris, de métal contre métal. Le capitaine Ahmed et Lou étaient comme des tornades, leurs épées tranchant l'air et les ennemis avec une précision mortelle, chaque coup porté avec une force dévastatrice.

Imad, sa voix retrouvée grâce au médaillon, hurla un cri de guerre qui galvanisa ses amis. Ses poings serrés, il se jeta dans la mêlée, frappant avec une agilité et une puissance qui surprirent même les hommes aguerris du gang. Bastet, rapide comme l'éclair, sautait d'un ennemi à l'autre, ses griffes acérées laissant derrière elles des marques fatales, son rugissement faisant trembler les ennemis.

Tomenos se tenait devant nous, une aura sombre émanant de lui comme une brume toxique qui s'étendait dans l'air, rendant l'atmosphère lourde et oppressante. Ses yeux étaient deux puits sans fond, des abîmes de ténèbres qui semblaient absorber toute lumière et espoir. Ses lèvres s'étirèrent en un sourire cruel, dévoilant des dents qui ressemblaient à des crocs affûtés. « Vous pensez vraiment que deux gamins peuvent m'arrêter ? » dit-il, sa voix imprégnée d'une ironie mordante qui glaça notre sang.

Camille et moi nous échangeâmes un regard intense, nos yeux se verrouillant comme si nous pouvions communiquer par la seule force de notre volonté. Dans cet instant, une compréhension silencieuse passa entre nous, un pacte tacite qui disait que nous étions prêts à tout pour protéger ceux que nous aimions. Nous levâmes le médaillon ensemble, nos doigts se touchant légèrement, et une énergie incroyable commença à émaner de l'objet sacré.

Le médaillon brilla d'une lumière dorée, et un vent céleste se leva autour de nous, tourbillonnant en une spirale étincelante. Ce n'était pas un vent ordinaire ; il était chargé d'une énergie divine, comme si les dieux eux-mêmes nous prêtaient leur force. Ce vent forma un bouclier translucide autour de nous, une barrière impénétrable qui scintillait sous les rayons du soleil.

Tomenos éclata de rire, un rire cruel et sinistre qui semblait venir des profondeurs de son âme corrompue. Il leva la main, et des flèches empoisonnées apparurent dans l'air, suspendues comme par magie. Elles étaient sombres, presque noires, et exsudaient une aura maléfique. Avec un mouvement de son poignet, il les lança vers nous, les flèches filant à une vitesse incroyable, laissant derrière elles des traînées de fumée toxique.

Mais lorsque ces projectiles mortels touchèrent notre bouclier de vent, quelque chose d'extraordinaire se produisit. Ils se désintégrèrent instantanément, se transformant en une poussière sombre qui fut aussitôt dispersée par notre vent protecteur. Le bouclier avait non seulement bloqué les flèches, mais il les avait aussi purifiées, annulant leur poison mortel.

Le rire de Tomenos se transforma en un grognement de frustration, ses yeux s'assombrissant encore plus, si c'était possible. Il semblait ne pas croire ce qu'il venait de voir.

« Ce n'est pas possible, » gronda-t-il, sa voix tremblant de colère et d'indignation. « Ce médaillon ne peut pas être aussi puissant entre vos mains ! »

Mais il était trop tard pour lui. Nous avions vu la faille dans sa confiance, le doute qui s'était insinué dans son esprit. Et nous savions que c'était notre moment, notre chance de mettre fin à cette bataille une fois pour toutes.

« Tu vas devoir faire beaucoup mieux que ça si tu veux nous arrêter, » dis-je, le feu de la détermination brûlant dans mes yeux comme des flammes célestes, alimentées par la force du médaillon et l'amour pour ceux que je cherchais à protéger.

Tomenos gronda, une fureur indescriptible déformant son visage. Ses mains se mirent à briller d'une lumière noire, comme si elles étaient alimentées par les ténèbres elles-mêmes. Ses doigts se crispèrent en une sorte de griffe maléfique, et il murmura des incantations dans une langue que ni Camille ni moi ne comprenions. C'était une langue ancienne, gutturale, qui sonnait comme un mélange de menaces et de malédictions, un chant de guerre pour les forces obscures.

Le sol autour de lui se mit à trembler, comme si la terre elle-même réagissait à son appel. Soudain, des serpents d'ombre surgirent du sol, se ruant vers nous avec une vitesse surnaturelle. Leurs yeux brillaient d'un rouge malveillant, et leurs crocs semblaient chargés d'un poison mortel. Ils étaient l'incarnation même de la noirceur, créés à partir des ténèbres qui émanaient de Tomenos.

Camille et moi échangeâmes un regard rapide, comprenant que le temps était compté. Elle cria une incantation, ses mots se mêlant à l'énergie du médaillon. Notre bouclier de vent céleste se transforma alors en une tornade puissante, un tourbillon d'air pur et lumineux qui repoussait tout ce qui était sombre et malveillant.

Les serpents d'ombre furent pris dans la tornade, leurs corps se tordant et se disloquant sous la force du vent. Ils poussèrent des cris stridents, des sons qui ressemblaient à des lamentations, avant de se désintégrer en particules d'ombre qui furent absorbées par la tornade. Le vent céleste semblait purifier tout ce qu'il touchait, transformant les ténèbres en lumière, le mal en bien.

Tomenos hurla de rage, son cri résonnant comme le tonnerre dans le ciel. Il semblait avoir perdu une partie de sa puissance, comme si chaque créature d'ombre qu'il créait puisait dans ses propres réserves d'énergie. Mais il n'était pas encore vaincu, et nous le savions. Ses yeux se fixèrent sur nous avec une haine pure, une haine qui semblait vouloir consumer tout ce qui était bon et pur dans ce monde.

Nous tenions le médaillon plus fermement, sentant sa chaleur se diffuser dans nos mains, comme si l'objet lui-même nous encourageait, nous donnant la force de continuer. Le vent céleste autour de nous se renforça, prêt à repousser toute autre attaque que Tomenos pourrait lancer. Nous étions prêts, unis dans notre détermination à mettre fin à cette menace une fois pour toutes.

« Ton tour ! » me dit Camille, essoufflée mais déterminée.

Je hochai la tête, sentant une connexion profonde avec Camille. Nous étions deux âmes unies dans un seul but, et je concentrai toute mon énergie dans le médaillon. Des flèches de lumière en jaillirent, chacune d'elles portant une aura de pureté et de justice. Elles foncèrent droit sur Tomenos, qui hurla en se tordant de douleur. Son visage se déforma, comme si chaque flèche de lumière avait le pouvoir de brûler son essence même. Mais il n'était pas encore vaincu, loin de là.

Avec un rugissement de rage, il leva les bras au ciel, et des chaînes d'ombre surgirent du sol. Elles étaient tissées de ténèbres, semblant chercher à nous entraver, à nous tirer vers l'obscurité. Les chaînes sifflaient dans l'air, se rapprochant de nous avec une vitesse alarmante, leurs maillons semblant animés par une vie propre, maléfique.

Nous criâmes une incantation en même temps, nos voix se mêlant en une harmonie parfaite. Le médaillon émit alors une lumière si intense qu'elle illumina tout l'espace autour de nous, comme si un soleil miniature avait été créé. Les chaînes d'ombre se brisèrent instantanément, se transformant en poussière qui fut balayée par le vent céleste.

Tomenos recula, son visage tordu par la rage et la douleur. Ses yeux étaient maintenant des flammes de haine, et il semblait prêt à tout pour nous détruire. « Ce n'est pas fini ! » hurla-t-il, levant ses mains, ce qui me permit d'entr'apercevoir une sorte de pentacle autour de son cou. Des éclairs noirs commencèrent à se former, crépitant dans l'air avec une énergie sinistre. Ils étaient comme des serpents d'énergie sombre, prêts à nous frapper et à nous consumer.

Mais nous étions prêts. Camille et moi unîmes nos voix et nos esprits, et le médaillon brilla d'une lumière dorée, comme s'il était alimenté par la force de notre union. Juste avant notre attaque finale, Camille et moi partageâmes un moment de clairvoyance. C'était comme si le temps ralentissait, nous donnant l'opportunité de percevoir les faiblesses de notre ennemi. Nos yeux se croisèrent, et dans ce bref instant, une compréhension mutuelle s'établit entre nous. Nous savions tous les deux où viser. Il avait beau être enveloppé d'une aura de ténèbres, son cœur était le point focal de toute cette énergie maléfique. C'était là que résidait sa véritable vulnérabilité, un point faible dans une armure autrement impénétrable. Forts de cette réalisation, nous concentrâmes toute notre énergie dans le médaillon, visant ce point précis. Ce fut cette compréhension silencieuse, ce lien inexplicable entre nous, qui nous permit de canaliser notre attaque avec une précision mortelle. Un rayon de lumière éblouissante en sortit, concentré et pur, frappant Tomenos en plein cœur. Il poussa un cri perçant, un son qui semblait être le cri d'une âme en détresse.

Dans un éclat de lumière, après avoir crié un « je reviendrais ! », il disparut, comme si la lumière l'avait désintégré, comme si chaque particule de son être avait été anéantie par la pureté de notre attaque. L'endroit où il se tenait était maintenant vide, ne laissant qu'une légère trace de brûlure sur le sol. Le vent céleste se calma, et la lumière du médaillon s'atténua, comme s'il avait donné tout ce qu'il avait pour nous aider dans cette bataille finale.

Nous avions vaincu Tomenos, et en cet instant, tout semblait possible. Le médaillon avait révélé son véritable pouvoir, et nous avions été à la hauteur de l'épreuve.

Épuisés mais triomphants, nous nous tournâmes vers nos amis. Le capitaine Ahmed, Lou, Imad et Bastet avaient réussi à repousser les hommes du gang, qui s'enfuyaient en désordre, vaincus et démoralisés, leurs armes abandonnées sur le sol.

« Nous l'avons fait, » dit Camille, les larmes aux yeux, mais un sourire éclairant son visage.

CHAPITRE 15. LES ADIEUX

Nous étions repartis au fond de la salle près de l'autel du médaillon. Bastet, sous sa forme de chat, sauta sur l'autel et nous regarda avec des yeux emplis de sagesse et d'une profonde mélancolie que je n'avais jamais vue chez elle auparavant.

« Vous savez ce que vous devez faire, » dit-elle, sa voix empreinte d'une gravité que je n'avais jamais entendue auparavant. Ses mots étaient lourds, comme si chaque syllabe portait le poids de millénaires de connaissances et de sacrifices. « Le médaillon est trop dangereux pour rester intact. Son pouvoir est une menace pour le monde. Il doit être détruit. »

Camille et moi échangeâmes un regard lourd de sens. Les implications de ce que venait de dire Bastet nous frappèrent soudainement. « Mais si nous détruisons le médaillon, » commença Camille, sa voix tremblante, « qu'est-ce qui va arriver à tout ça ? À cette aventure, à ces pouvoirs… et à toi, Bastet ? »

Bastet hocha la tête, ses yeux brillant d'une lumière presque humaine. « Mon âme quittera cette enveloppe charnelle. Je retournerai dans le royaume des dieux, mais c'est le prix à payer. Le bien-être du monde est plus important que mon existence terrestre. »

Ma sœur et moi nous retrouvâmes le cœur lourd. Nous savions qu'elle avait raison, mais l'idée de perdre Bastet, notre guide et protectrice, était insupportable. « Tu as été plus qu'une aide pour nous, Bastet. Tu as été une amie, une famille, » dis-je, la gorge serrée.

« Et vous avez été les mêmes pour moi, » répondit Bastet, sa voix douce mais ferme. « C'est pourquoi vous devez faire ce qui est juste, même si c'est difficile. »

Avec une lourdeur dans le cœur, je levai le médaillon. Camille posa sa main sur la mienne, et ensemble, nous prononçâmes l'incantation que Bastet nous avait enseignée. Le médaillon se brisa en mille morceaux, une lumière éclatante jaillissant de son centre. Bastet, sous sa forme de chat, poussa un miaulement qui ressemblait plus à un chant, un hymne ancien et sacré. Alors, quelque chose d'extraordinaire se produisit : une lumière dorée émana de son corps, formant une silhouette translucide de femme qui s'éleva lentement dans les airs.

Mon père, qui nous observait, écarquilla les yeux en reconnaissant la silhouette de Marie, son assistante de fouilles. « C'est toi... c'était toi tout ce temps, » murmura-t-il, comme s'il venait de résoudre un mystère qui le hantait depuis des années.

« Oui John je veillais sur toi. Adieu, mes amis, » furent ses derniers mots, portés par cette lumière, comme si l'essence même de la déesse nous donnait un dernier adieu. La lumière s'éleva jusqu'à disparaître, laissant derrière elle le chat que nous connaissions comme Bastet, mais qui était maintenant simplement un chat, privé de la divinité qui l'avait habitée.

Nous nous retrouvâmes, Camille et moi, les yeux embués de larmes. Le poids de ce que nous venions de faire, et de ce que nous venions de perdre, était écrasant. Mais nous savions que c'était nécessaire, que le monde était maintenant un peu plus sûr grâce à notre sacrifice. Et pourtant, le vide laissé par Bastet était palpable, comme si une partie de notre âme s'était envolée avec elle.

La pyramide commença à trembler, des pierres se détachant des murs. « Vite, récupérons ce que nous pouvons ! » cria mon père, se précipitant vers une table remplie d'artefacts qui avaient survécus à la bataille. Nous empoignâmes des objets au hasard, des bijoux anciens, des rouleaux de papyrus, et courûmes hors de la salle, vers la sortie de la pyramide. Cette dernière s'effondrait derrière nous, mais nous réussîmes à sortir juste à temps.

Nous nous retrouvâmes à l'extérieur, le soleil égyptien brûlant nos visages. Nous étions épuisés, mais vivants, et sans le médaillon, le monde était un peu plus sûr.

« Direction le commissariat, » déclara Lou, « Nous avons des trésors à remettre au gouvernement et des explications à fournir. »

Le commissariat, habituellement un bâtiment austère et froid, avait pris une toute autre dimension en ce moment précis. Il ressemblait à un sanctuaire, un lieu où la justice et l'ordre régnaient enfin après les tumultes que nous avions traversés. Ben Salim nous accueillit, son visage marqué par l'inquiétude mais aussi par un soulagement palpable. Il semblait avoir vieilli de plusieurs années en quelques jours, les événements récents ayant laissé des traces indélébiles sur son visage.

« J'ai appris pour les Scorpions Noirs parmi mes hommes, » commença-t-il, sa voix empreinte d'une gravité qui trahissait son sentiment de culpabilité. « Je ne saurais vous dire à quel point je suis désolé pour tout ce qui s'est passé. J'aurais dû être plus vigilant, plus méfiant. Je me suis laissé tromper, et cela aurait pu coûter très cher. »

Mon père, tenant fermement les artefacts que nous avions récupérés, les posa délicatement sur le bureau de Ben Salim. « Le plus important, c'est que tout soit fini maintenant, » dit-il, ses yeux rencontrant ceux de Ben Salim dans une compréhension mutuelle des enjeux qui avaient été en jeu. « Nous avons tous fait des erreurs, mais nous avons aussi tous joué notre rôle pour rétablir l'équilibre. »

Ben Salim hocha la tête, semblant trouver un certain apaisement dans les paroles de mon père. « Ces artefacts seront remis au gouvernement, ils sont la preuve tangible de tout ce que vous avez accompli. Vous avez toute ma gratitude. »

« Et mon frère ? » demanda Imad, son anxiété atteignant un point culminant. Il avait été courageux tout au long de notre aventure, mais la sécurité de sa famille était sa priorité absolue.

Un sourire éclaira le visage de Ben Salim, comme si cette nouvelle était le baume apaisant toutes ses plaies. « Il a été libéré. Il vous attend à l'extérieur. »

Imad, incapable de contenir son émotion, courut hors du bureau. Un instant plus tard, nous entendîmes des cris de joie, des éclats de rire et des retrouvailles émouvantes qui résonnèrent comme une douce mélodie dans le commissariat. Le plus surprenant surement pour Icham fut d'entendre la voix d'Imad, claire et forte, s'élever parmi les autres, un miracle rendu possible par notre aventure.

Le capitaine Ahmed, qui avait été notre pilier tout au long de cette aventure, se tourna vers nous. « Je suppose que vous voulez rentrer chez vous, » dit-il, son regard croisant le nôtre.

Oui, nous voulions rentrer chez nous, mais nous savions que « chez nous » avait pris une nouvelle signification. Ce n'était plus seulement un lieu, c'était un sentiment, une appréciation pour les choses simples de la vie que nous avions prises pour acquises. Et alors que nous nous préparions à quitter le commissariat, je sentis une chaleur envahir mon cœur. Malgré les épreuves, les sacrifices et les pertes, nous étions ensemble, et c'était tout ce qui comptait.

Après avoir dit au revoir à Ben Salim et aux autres, nous montâmes pour notre voyage de retour à bord d'un navire prêté par un ami du capitaine Ahmed. Notre père, John, était avec nous, son visage marqué mais serein. La traversée de la mer Méditerranée était paisible, presque méditative. Le capitaine Ahmed nous raconta des histoires de ses voyages passés, y compris des aventures incroyables qu'il avait vécues avec Bastet quand elle était encore une déesse réincarnée dans le corps d'un chat. Des légendes de trésors cachés aux récits de tempêtes terrifiantes, il nous parla de la manière dont Bastet avait utilisé ses pouvoirs pour les guider à travers des situations périlleuses. Nous écoutions, fascinés, tandis que Bastet, maintenant un simple chat, se blottissait contre nous, ses yeux brillant de curiosité comme si elle se remémorait ces moments épiques.

« Vous savez, j'ai toujours pensé que les chats avaient un sixième sens, » dit le capitaine Ahmed en caressant la tête de Bastet. « Ils savent quand quelque chose ne va pas, et ils savent quand ils sont en bonne compagnie. »

Nous regardâmes le soleil se coucher sur l'horizon, teintant l'eau d'or et de rose. C'était un moment de répit bien mérité, surtout pour notre père qui avait tant souffert. Bastet sauta sur ses genoux, ronronnant doucement, comme pour lui offrir un peu de réconfort.

Lorsque nous atteignîmes le port français, le capitaine Ahmed nous serra dans ses bras. « Prenez soin de vous, les jeunes. Et si jamais vous avez besoin d'un vieux loup de mer, vous savez où me trouver, » dit-il en riant. Il serra également la main de notre père, les deux hommes échangeant un regard de respect mutuel.

Nous prîmes ensuite le train pour Paris, le paysage défilant à toute vitesse à travers les fenêtres. Le voyage en train était silencieux mais confortable, chacun de nous perdu dans ses pensées, repensant à tout ce que nous avions vécu. Notre père semblait particulièrement contemplatif, absorbé par le paysage qui défilait à l'extérieur. Bastet, quant à elle, semblait fascinée par le mouvement du train, ses yeux suivant chaque arbre et chaque bâtiment qui passait.

Enfin, nous arrivâmes à la gare de Paris où tante Agathe nous attendait, un sourire radieux sur son visage. « Mes chéris ! Vous m'avez tellement manqué ! » s'écria-t-elle en nous enveloppant dans une étreinte chaleureuse. En voyant notre père, elle fondit en larmes et le serra fort, heureuse de le voir sain et sauf.

Le retour à la maison était à la fois étrange et familier, comme si nous avions vécu une vie entière en dehors de ces murs. Mais pour l'instant, nous étions simplement heureux d'être de retour, entourés de visages aimants. Bastet sauta de nos bras et courut dans la maison, comme si elle aussi était heureuse d'être de retour dans un lieu familier.

Et voilà, nous étions enfin de retour à Paris, prêts pour le prochain chapitre de nos vies.

CHAPITRE 16. LE RETOUR INATTENDU

Après une nuit de sommeil réparateur dans nos lits familiers, nous nous réveillâmes, encore à moitié dans le rêve de l'aventure que nous venions de vivre. Le soleil brillait à travers les rideaux, et l'air était rempli d'une douce odeur de café et de croissants. C'était un matin comme les autres, du moins, c'est ce que nous pensions.

La sonnette retentit, rompant le calme du matin. Tante Agathe alla ouvrir la porte et revint avec une expression de pur étonnement sur son visage. Derrière elle se tenait Roseline, sa sœur disparue. Elle était là, en chair et en os, saine et sauve.

« Roseline ! » s'écria notre père en se précipitant pour l'embrasser. « Les enfants m'avaient dit que tu avais disparu du train en venant à Paris. Où étais-tu passée, ma sœur ? Nous étions tous tellement inquiets ! » Les larmes aux yeux, ils se tenaient là, dans une étreinte longtemps attendue.

Roseline sourit, mais son sourire était teinté d'une gravité que nous n'avions jamais vue auparavant. « Je sais que vous avez beaucoup de questions, » dit-elle en regardant chacun de nous. « Mais tout d'abord, il faut que je te parle John. C'est très important. »

Nous nous installâmes tous dans le salon, l'atmosphère chargée d'une tension palpable, mêlée d'émotions diverses et de questions qui flottaient dans l'air, non encore posées. Chacun semblait hésiter à briser le silence, comme si le simple fait de parler pourrait rompre la magie de ce moment de retrouvailles. Finalement, Roseline rompit le silence. Elle fouilla dans son sac à main, en sortant une enveloppe un peu froissée qu'elle tendit solennellement à notre père.

« C'est une lettre d'une archéologue spécialisée dans la civilisation maya, » commença-t-elle, ses yeux se fixant sur ceux de John avec une gravité qui captura instantanément notre attention. « Elle m'a interceptée dans le train, me disant que ma vie, et par extension la vôtre, étaient en danger. Elle savait qui j'étais, qui tu étais, John, et elle avait un message urgent à te transmettre. Elle a insisté pour que je te remette cette lettre en personne. Selon elle, elle a découvert quelque chose d'une importance capitale, quelque chose qui menace l'humanité entière. Sachant que nos ennemis m'attendaient à mon arrivée, elle me cachât dans l'une de ses grandes malles de transporteur pour me sortir de la gare sans se faire repérer. »

Notre père, les mains légèrement tremblantes, déchira soigneusement le sceau de l'enveloppe et en sortit la lettre qu'elle contenait. Il commença à la lire à voix haute, chaque mot semblant alourdir l'atmosphère déjà tendue de la pièce. La lettre détaillait des découvertes récentes dans un temple isolé en Amérique du Sud, évoquait un artefact ancien d'une puissance inimaginable et citait une prophétie obscure qui, si elle se réalisait, pourrait changer le cours de l'histoire humaine, voire mettre en péril l'existence même de notre monde. Seul l'artéfact de l'éther pouvait tout changer.

« Vous comprendrez mieux avec ceci, » dit Roseline, interrompant le silence qui avait suivi la lecture. Elle plongea la main dans son sac une fois de plus et en sortit un petit paquet soigneusement enveloppé dans un tissu qui semblait aussi ancien que les mystères dont elle parlait. Elle me le tendit. Le tissu était orné de motifs complexes, peut-être des hiéroglyphes mayas ou des symboles rituels, ajoutant une couche supplémentaire de mystère à ce qui était déjà une énigme en soi.

Je sentis le poids de tous les regards sur moi et je défis le paquet avec une précaution extrême, comme si je maniais un objet d'une fragilité inestimable. À mesure que le tissu ancien se dépliait, un médaillon étrange apparut, capturant immédiatement l'attention de tous dans la pièce. Le médaillon était orné d'une sorte de soucoupe volante en son centre, un détail qui semblait à la fois incongru et fascinant. Mais ce n'était pas tout ; l'objet semblait émettre une sorte d'énergie mystérieuse, presque palpable, qui faisait vibrer l'air autour de lui. C'était comme si le médaillon lui-même était chargé d'une force ancienne et inconnue. « Le médaillon de l'Éther, » murmurais-je, presque comme si j'avais peur que le simple fait de prononcer son nom à voix haute puisse déclencher quelque chose d'irréversible.

À ce moment-là, Bastet, qui avait été étonnamment calme et presque effacée pendant toute cette réunion de famille chargée d'émotions, sembla soudainement saisie d'une énergie nouvelle. Avec une agilité qui nous rappelait ses jours en tant que déesse, elle sauta sur la table, atterrissant délicatement à côté de moi. Le médaillon, comme s'il reconnaissait une présence familière, se mit à briller d'une lumière étrange, presque surnaturelle. Bastet elle-même semblait enveloppée de cette même lumière, ses yeux brillant d'une intensité que nous n'avions pas vue depuis longtemps.

Et puis, dans un moment qui semblait suspendu dans le temps, où chaque seconde s'étirait comme pour capturer l'importance de ce qui allait suivre, nous l'entendîmes.

« Miaou, je suis de retour. »

Printed in France by Amazon
Brétigny-sur-Orge, FR

19717914R00085